A House of Pomegranates
Una casa de granadas

Oscar Wilde

A House of Pomegranates
Una casa de granadas

Texto paralelo bilingüe
Bilingual edition

Ingles - Español
English - Spanish

texto en español, traducido del inglés por Guillermo Tirelli

ROSETTA EDU

Título original: *A House of Pomegranates*

Primera publicación: 1891

Ilustración de tapa: Giuseppe Arcimboldo, Invierno (1573).

Primera edición: Abril 2024

Publicado por Rosetta Edu
Londres, Abril 2024
www.rosettaedu.com

ISBN: 978-1-916939-84-4

Rosetta Edu
Ediciones bilingües

Páginas enfrentadas
Páginas enfrentadas de la traducción y texto original en libros impresos.

Párrafos alineados en libros impresos
En libros impresos, los párrafos alineados entre los dos idiomas facilitan la comparación y la comprensión, ahorrando la necesidad de referirse constantemente al diccionario.

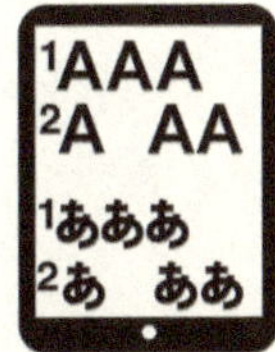

Párrafos enlazados en libros electrónicos
En libros electrónicos la comparación y la comprensión son facilitadas por citas al pie colocadas al principio de cada párrafo enlazando el texto en el idioma original y su traducción.

Integridad y fidelidad
Traducciones íntegras, fieles y no abreviadas del texto original.

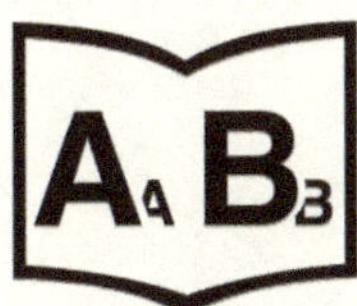

Cuidado del vocabulario
Traducciones especiales para ediciones bilingües, con especial cuidado por la hegemonía de vocabulario utilizando glosarios en el proceso de traducción.

Contexto educativo
Ediciones enfocadas a estudiantes intermedios y avanzados del idioma original del texto en libros coleccionables y aptos para el contexto educativo.

INDICE

The Young King

It was the night before the day fixed for his coronation, and the young King was sitting alone in his beautiful chamber. His courtiers had all taken their leave of him, bowing their heads to the ground, according to the ceremonious usage of the day, and had retired to the Great Hall of the Palace, to receive a few last lessons from the Professor of Etiquette; there being some of them who had still quite natural manners, which in a courtier is, I need hardly say, a very grave offence.

The lad--for he was only a lad, being but sixteen years of age--was not sorry at their departure, and had flung himself back with a deep sigh of relief on the soft cushions of his embroidered couch, lying there, wild-eyed and open-mouthed, like a brown woodland Faun, or some young animal of the forest newly snared by the hunters.

And, indeed, it was the hunters who had found him, coming upon him almost by chance as, bare-limbed and pipe in hand, he was following the flock of the poor goatherd who had brought him up, and whose son he had always fancied himself to be. The child of the old King's only daughter by a secret marriage with one much beneath her in station--a stranger, some said, who, by the wonderful magic of his lute-playing, had made the young Princess love him; while others spoke of an artist from Rimini, to whom the Princess had shown much, perhaps too much honour, and who had suddenly disappeared from the city, leaving his work in the Cathedral unfinished--he had been, when but a week old, stolen away from his mother's side, as she slept, and given into the charge of a common peasant and his wife, who were without children of their own, and lived in a remote part of the forest, more than a day's ride from the town. Grief, or the plague, as the court physician stated, or, as some suggested, a swift Italian poison administered in a cup of spiced wine, slew, within an hour of her wakening, the white girl who had given him birth, and as the trusty messenger who bare the child across his saddle-bow stooped from his weary horse and knocked at the rude door of the goatherd's hut, the body of the Princess was being lowered into an open grave that had been dug in a deserted churchyard, beyond the city gates, a grave where it was said that another body was also lying, that of a

El joven Rey

Era la noche anterior al día fijado para su coronación, y el joven Rey estaba sentado solo en su hermosa cámara. Todos sus cortesanos se habían despedido de él, inclinando la cabeza hacia el suelo, según el ceremonioso uso del día, y se habían retirado al Gran Salón del Palacio, para recibir unas últimas lecciones del Profesor de Etiqueta; había algunos de ellos que aún conservaban modales bastante naturales, lo que en un cortesano es, huelga decirlo, una falta muy grave.

El muchacho —pues no era más que un muchacho, pues no tenía más que dieciséis años— no lamentó su partida, y se había echado con un profundo suspiro de alivio sobre los mullidos cojines de su sofá bordado, tumbado allí, con los ojos desorbitados y la boca abierta, como un fauno pardo del bosque, o algún joven animal de la selva recién atrapado por los cazadores.

Y, de hecho, fueron los cazadores quienes lo encontraron, al toparse con él casi por casualidad cuando, con los miembros desnudos y la pipa en la mano, seguía al rebaño del pobre cabrero que lo había criado y de quien siempre se había imaginado que era su hijo. Era el hijo de la única hija del viejo Rey, fruto de un matrimonio secreto con alguien muy inferior a ella en posición social... un extraño, decían algunos, que, por la maravillosa magia de su forma de tocar el laúd, había conseguido que la joven Princesa le amara; mientras que otros hablaban de un artista de Rímini, a quien la Princesa había honrado mucho, quizá demasiado, y que había desaparecido repentinamente de la ciudad, dejando su obra en la catedral sin terminar... cuando sólo tenía una semana, su madre se lo había arrebatado mientras dormía y lo habían dejado a cargo de un campesino y su esposa, que no tenían hijos propios y vivían en una parte remota del bosque, a más de un día de camino de la ciudad. El dolor, o la peste, como declaró el médico de la corte, o, como sugirieron algunos, un rápido veneno italiano administrado en una copa de vino especiado, mató, una hora después de su despertar, a la muchacha blanca que le había dado a luz, y mientras el fiel mensajero que llevaba al niño en el arco de su montura se bajaba de su cansado caballo y llamaba a la ruda puerta de la cabaña del cabrero, el cuerpo de la Princesa estaba siendo bajado a una tumba abierta que había sido cavada en un patio de iglesia desierto, más allá de las puertas de la ciudad, una tumba donde se decía

young man of marvellous and foreign beauty, whose hands were tied behind him with a knotted cord, and whose breast was stabbed with many red wounds.

Such, at least, was the story that men whispered to each other. Certain it was that the old King, when on his deathbed, whether moved by remorse for his great sin, or merely desiring that the kingdom should not pass away from his line, had had the lad sent for, and, in the presence of the Council, had acknowledged him as his heir.

And it seems that from the very first moment of his recognition he had shown signs of that strange passion for beauty that was destined to have so great an influence over his life. Those who accompanied him to the suite of rooms set apart for his service, often spoke of the cry of pleasure that broke from his lips when he saw the delicate raiment and rich jewels that had been prepared for him, and of the almost fierce joy with which he flung aside his rough leathern tunic and coarse sheepskin cloak. He missed, indeed, at times the fine freedom of his forest life, and was always apt to chafe at the tedious Court ceremonies that occupied so much of each day, but the wonderful palace--Joyeuse, as they called it--of which he now found himself lord, seemed to him to be a new world fresh-fashioned for his delight; and as soon as he could escape from the council-board or audience-chamber, he would run down the great staircase, with its lions of gilt bronze and its steps of bright porphyry, and wander from room to room, and from corridor to corridor, like one who was seeking to find in beauty an anodyne from pain, a sort of restoration from sickness.

Upon these journeys of discovery, as he would call them--and, indeed, they were to him real voyages through a marvellous land, he would sometimes be accompanied by the slim, fair-haired Court pages, with their floating mantles, and gay fluttering ribands; but more often he would be alone, feeling through a certain quick instinct, which was almost a divination, that the secrets of art are best learned in secret, and that Beauty, like Wisdom, loves the lonely worshipper.

Many curious stories were related about him at this period. It was said that a stout Burgo-master, who had come to deliver a florid ora-

que yacía también otro cuerpo, el de un joven de maravillosa y extraña belleza, cuyas manos estaban atadas detrás de él con un cordón anudado, y cuyo pecho estaba apuñalado con muchas heridas rojas.

Tal era, al menos, la historia que los hombres se susurraban unos a otros. Era cierto que el viejo Rey, cuando estaba en su lecho de muerte, ya fuera movido por el remordimiento por su gran pecado, o simplemente deseoso de que el reino no desapareciera de su linaje, había hecho llamar al muchacho y, en presencia del Consejo, lo había reconocido como su heredero.

Y parece que desde el primer momento de su reconocimiento él había dado muestras de esa extraña pasión por la belleza que estaba destinada a tener una influencia tan grande en su vida. Quienes le acompañaron a la suite de habitaciones apartadas para su servicio, hablaron a menudo del grito de placer que brotó de sus labios cuando vio los delicados atavíos y las ricas joyas que le habían preparado, y de la alegría casi feroz con la que se deshizo de su áspera túnica de cuero y de su tosca capa de piel de oveja. Echaba de menos, en efecto, a veces la fina libertad de su vida en el bosque, y siempre era propenso a irritarse por las tediosas ceremonias de la Corte que ocupaban gran parte de cada día, pero el maravilloso palacio —Joyeuse, como lo llamaban— del que ahora se encontraba señor, le parecía un mundo nuevo recién creado para su deleite; y en cuanto podía escapar del consejo o de la sala de audiencias, bajaba corriendo la gran escalera, con sus leones de bronce dorado y sus peldaños de brillante pórfido, y vagaba de habitación en habitación, y de pasillo en pasillo, como quien busca en la belleza un analgésico contra el dolor, una especie de restauración contra la enfermedad.

En estos viajes de descubrimiento, como él los llamaba —y, de hecho, eran para él verdaderos viajes a través de una tierra maravillosa—, a veces le acompañaban los esbeltos y rubios pajes de la Corte, con sus mantos flotantes y sus alegres cintas ondeantes; pero más a menudo estaba solo, sintiendo por cierto instinto rápido, que era casi una adivinación, que los secretos del arte se aprenden mejor en secreto, y que la Belleza, como la Sabiduría, ama al adorador solitario.

En esa época se contaban muchas historias curiosas sobre él. Se decía que un corpulento Mayor, que había acudido a pronunciar un florido

torical address on behalf of the citizens of the town, had caught sight of him kneeling in real adoration before a great picture that had just been brought from Venice, and that seemed to herald the worship of some new gods. On another occasion he had been missed for several hours, and after a lengthened search had been discovered in a little chamber in one of the northern turrets of the palace gazing, as one in a trance, at a Greek gem carved with the figure of Adonis. He had been seen, so the tale ran, pressing his warm lips to the marble brow of an antique statue that had been discovered in the bed of the river on the occasion of the building of the stone bridge, and was inscribed with the name of the Bithynian slave of Hadrian. He had passed a whole night in noting the effect of the moonlight on a silver image of Endymion.

All rare and costly materials had certainly a great fascination for him, and in his eagerness to procure them he had sent away many merchants, some to traffic for amber with the rough fisher-folk of the north seas, some to Egypt to look for that curious green turquoise which is found only in the tombs of kings, and is said to possess magical properties, some to Persia for silken carpets and painted pottery, and others to India to buy gauze and stained ivory, moonstones and bracelets of jade, sandal-wood and blue enamel and shawls of fine wool.

But what had occupied him most was the robe he was to wear at his coronation, the robe of tissued gold, and the ruby-studded crown, and the sceptre with its rows and rings of pearls. Indeed, it was of this that he was thinking to-night, as he lay back on his luxurious couch, watching the great pinewood log that was burning itself out on the open hearth. The designs, which were from the hands of the most famous artists of the time, had been submitted to him many months before, and he had given orders that the artificers were to toil night and day to carry them out, and that the whole world was to be searched for jewels that would be worthy of their work. He saw himself in fancy standing at the high altar of the cathedral in the fair raiment of a King, and a smile played and lingered about his boyish lips, and lit up with a bright lustre his dark woodland eyes.

After some time he rose from his seat, and leaning against the carved penthouse of the chimney, looked round at the dimly-lit room.

discurso oratorio en nombre de los ciudadanos de la ciudad, le había visto arrodillado en auténtica adoración ante un gran cuadro que acababa de ser traído de Venecia y que parecía anunciar el culto a unos nuevos dioses. En otra ocasión se le había echado de menos durante varias horas y, tras una larga búsqueda, se le había descubierto en una pequeña cámara de una de las torrecillas septentrionales del palacio contemplando, como en trance, una gema griega tallada con la figura de Adonis. Se le había visto, según contaba, apretando sus cálidos labios contra la frente de mármol de una antigua estatua que había sido descubierta en el lecho del río con motivo de la construcción del puente de piedra, y que llevaba inscrito el nombre del esclavo bitinio de Adriano. Había pasado toda una noche observando el efecto de la luz de la luna sobre una imagen plateada de Endimión.

Todos los materiales raros y costosos ejercían ciertamente una gran fascinación sobre él, y en su afán por procurárselos había enviado a muchos mercaderes, unos a traficar por ámbar con los rudos pescadores de los mares del norte, otros a Egipto en busca de esa curiosa turquesa verde que sólo se encuentra en las tumbas de los reyes, y de la que se dice que posee propiedades mágicas, otros a Persia en busca de alfombras de seda y cerámica pintada, y otros a la India para comprar gasas y marfil teñido, piedras lunares y brazaletes de jade, madera de sándalo y esmalte azul y chales de lana fina.

Pero lo que más le había ocupado era el manto que iba a llevar en su coronación, el manto de oro tisú, y la corona tachonada de rubíes, y el cetro con sus hileras y anillos de perlas. De hecho, era en esto en lo que pensaba esta noche, mientras se recostaba en su lujoso sofá, observando el gran tronco de pino que se consumía en el hogar abierto. Los diseños, salidos de las manos de los artistas más famosos de la época, le habían sido presentados muchos meses antes, y él había dado órdenes de que los artífices trabajaron día y noche para llevarlos a cabo, y que se buscaran por todo el mundo joyas que estuvieran a la altura de su trabajo. Se vio a sí mismo en su fantasía de pie ante el altar mayor de la catedral con los bellos ropajes de un rey, y una sonrisa jugueteó y se demoró en torno a sus labios de niño, e iluminó con un brillo resplandeciente sus oscuros ojos de bosque.

Al cabo de un rato, se levantó de su asiento y, apoyándose en el ático tallado de la chimenea, contempló la estancia tenuemente iluminada.

The walls were hung with rich tapestries representing the Triumph of Beauty. A large press, inlaid with agate and lapis- lazuli, filled one corner, and facing the window stood a curiously wrought cabinet with lacquer panels of powdered and mosaiced gold, on which were placed some delicate goblets of Venetian glass, and a cup of dark-veined onyx. Pale poppies were broidered on the silk coverlet of the bed, as though they had fallen from the tired hands of sleep, and tall reeds of fluted ivory bare up the velvet canopy, from which great tufts of ostrich plumes sprang, like white foam, to the pallid silver of the fretted ceiling. A laughing Narcissus in green bronze held a polished mirror above its head. On the table stood a flat bowl of amethyst.

Outside he could see the huge dome of the cathedral, looming like a bubble over the shadowy houses, and the weary sentinels pacing up and down on the misty terrace by the river. Far away, in an orchard, a nightingale was singing. A faint perfume of jasmine came through the open window. He brushed his brown curls back from his forehead, and taking up a lute, let his fingers stray across the cords. His heavy eyelids drooped, and a strange languor came over him. Never before had he felt so keenly, or with such exquisite joy, the magic and the mystery of beautiful things.

When midnight sounded from the clock-tower he touched a bell, and his pages entered and disrobed him with much ceremony, pouring rose-water over his hands, and strewing flowers on his pillow. A few moments after that they had left the room, he fell asleep.

And as he slept he dreamed a dream, and this was his dream.

He thought that he was standing in a long, low attic, amidst the whir and clatter of many looms. The meagre daylight peered in through the grated windows, and showed him the gaunt figures of the weavers bending over their cases. Pale, sickly-looking children were crouched on the huge crossbeams. As the shuttles dashed through the warp they lifted up the heavy battens, and when the shuttles stopped they let the battens fall and pressed the threads together. Their faces were pinched with famine, and their thin hands shook and trembled. Some haggard women were seated at a table sewing.

Las paredes estaban adornadas con ricos tapices que representaban el Triunfo de la Belleza. Una gran prensa, con incrustaciones de ágata y lapislázuli, llenaba un rincón, y frente a la ventana se alzaba un mueble curiosamente labrado con paneles lacados de oro empolvado y mosaico, sobre el que estaban colocadas algunas delicadas copas de cristal veneciano, y una copa de ónice veteado de oscuro. Pálidas amapolas brotaban sobre la colcha de seda de la cama, como si hubieran caído de las manos cansadas del sueño, y altas cañas de marfil estriado desnudaban el dosel de terciopelo, del que brotaban, como espuma blanca, grandes penachos de plumas de avestruz hacia la plata pálida del techo calado. Un risueño Narciso de bronce verde sostenía un espejo pulido sobre su cabeza. Sobre la mesa había un cuenco plano de amatista.

Fuera, él podía ver la enorme cúpula de la catedral, que se cernía como una burbuja sobre las sombrías casas, y a los cansados centinelas que paseaban arriba y abajo por la brumosa terraza junto al río. Lejos, en un huerto, cantaba un ruiseñor. Un tenue perfume de jazmín entraba por la ventana abierta. Se apartó los rizos castaños de la frente y, cogiendo un laúd, dejó que sus dedos se pasearan por las cuerdas. Sus pesados párpados cayeron y una extraña languidez se apoderó de él. Nunca antes había sentido tan intensamente, ni con una alegría tan exquisita, la magia y el misterio de las cosas bellas.

Cuando sonó la medianoche desde la torre del reloj, tocó una campanilla y sus pajes entraron y le desvistieron con mucha ceremonia, vertiendo agua de rosas sobre sus manos y esparciendo flores sobre su almohada. Unos instantes después de que ellos hubieron abandonado la habitación, él se quedó dormido.

Y mientras dormía soñó un sueño, y éste fue su sueño.

Pensó que se encontraba en una buhardilla larga y baja, entre el zumbido y el traqueteo de muchos telares. La escasa luz del día se asomaba por las ventanas enrejadas y le mostraba las figuras demacradas de los tejedores inclinados sobre sus cajas. Niños pálidos y de aspecto enfermizo estaban agazapados en los enormes travesaños. Cuando las lanzaderas corrían por la urdimbre ellos levantaban los pesados listones, y cuando las lanzaderas se detenían ellos dejaban caer los listones y apretaban los hilos. Sus rostros estaban pellizcados por el hambre y sus delgadas manos temblaban y se agitaban. Algunas mujeres macilentas

A horrible odour filled the place. The air was foul and heavy, and the walls dripped and streamed with damp.

The young King went over to one of the weavers, and stood by him and watched him.

And the weaver looked at him angrily, and said, 'Why art thou watching me? Art thou a spy set on us by our master?'

'Who is thy master?' asked the young King.

'Our master!' cried the weaver, bitterly. 'He is a man like myself. Indeed, there is but this difference between us--that he wears fine clothes while I go in rags, and that while I am weak from hunger he suffers not a little from overfeeding.'

'The land is free,' said the young King, 'and thou art no man's slave.'

'In war,' answered the weaver, 'the strong make slaves of the weak, and in peace the rich make slaves of the poor. We must work to live, and they give us such mean wages that we die. We toil for them all day long, and they heap up gold in their coffers, and our children fade away before their time, and the faces of those we love become hard and evil. We tread out the grapes, and another drinks the wine. We sow the corn, and our own board is empty. We have chains, though no eye beholds them; and are slaves, though men call us free.'

'Is it so with all?' he asked,

'It is so with all,' answered the weaver, 'with the young as well as with the old, with the women as well as with the men, with the little children as well as with those who are stricken in years. The merchants grind us down, and we must needs do their bidding. The priest rides by and tells his beads, and no man has care of us. Through our sunless lanes creeps Poverty with her hungry eyes, and Sin with his sodden face follows close behind her. Misery wakes us in the morning, and Shame sits with us at night. But what are these things to thee? Thou art not one of us. Thy face is too happy.' And he

estaban sentadas a una mesa cosiendo. Un olor horrible llenaba el lugar. El aire era viciado y pesado, y las paredes goteaban y chorreaban humedad.

El joven Rey se acercó a uno de los tejedores y se quedó junto a él observándole.

El tejedor le miró con enfado y le dijo: «¿Por qué me vigilas? ¿Eres un espía que nos ha enviado nuestro amo?».

«¿Quién es tu amo?», preguntó el joven Rey.

«¡Nuestro amo!», gritó el tejedor, amargamente. «Es un hombre como yo. De hecho, sólo hay esta diferencia entre nosotros: que él viste ropas finas mientras que yo voy en harapos, y que mientras yo estoy débil de hambre él sufre no poco por alimentarse demasiado».

«La tierra es libre», dijo el joven rey, «y tú no eres esclavo de nadie».

«En la guerra», respondió el tejedor, «los fuertes hacen esclavos a los débiles, y en la paz los ricos hacen esclavos a los pobres. Debemos trabajar para vivir, y nos dan salarios tan mezquinos que nos morimos. Trabajamos para ellos todo el día, y ellos amontonan oro en sus arcas, y nuestros hijos se marchitan antes de tiempo, y los rostros de los que amamos se vuelven duros y malvados. Nosotros pisamos las uvas, y otro bebe el vino. Sembramos el maíz, y nuestra propia mesa está vacía. Tenemos cadenas, aunque ningún ojo las contempla; y somos esclavos, aunque los hombres nos llaman libres».

«¿Es así con todos?», preguntó él.

«Es así con todos», respondió el tejedor, «con los jóvenes tanto como con los viejos, con las mujeres tanto como con los hombres, con los niños pequeños tanto como con los que ya están entrados en años. Los mercaderes nos machacan y tenemos que cumplir sus órdenes. El sacerdote cabalga y cuenta sus cuentas, y ningún hombre se ocupa de nosotros. Por nuestras callejuelas sin sol se arrastra la Pobreza con sus ojos hambrientos, y el Pecado con su rostro empapado la sigue de cerca. La Miseria nos despierta por la mañana, y la Vergüenza se sienta con nosotros por la noche. Pero, ¿qué son estas cosas para ti? Tú no eres

turned away scowling, and threw the shuttle across the loom, and the young King saw that it was threaded with a thread of gold.

And a great terror seized upon him, and he said to the weaver, 'What robe is this that thou art weaving?'

'It is the robe for the coronation of the young King,' he answered; 'what is that to thee?'

And the young King gave a loud cry and woke, and lo! he was in his own chamber, and through the window he saw the great honey-coloured moon hanging in the dusky air.

And he fell asleep again and dreamed, and this was his dream.

He thought that he was lying on the deck of a huge galley that was being rowed by a hundred slaves. On a carpet by his side the master of the galley was seated. He was black as ebony, and his turban was of crimson silk. Great earrings of silver dragged down the thick lobes of his ears, and in his hands he had a pair of ivory scales.

The slaves were naked, but for a ragged loin-cloth, and each man was chained to his neighbour. The hot sun beat brightly upon them, and the negroes ran up and down the gangway and lashed them with whips of hide. They stretched out their lean arms and pulled the heavy oars through the water. The salt spray flew from the blades.

At last they reached a little bay, and began to take soundings. A light wind blew from the shore, and covered the deck and the great lateen sail with a fine red dust. Three Arabs mounted on wild asses rode out and threw spears at them. The master of the galley took a painted bow in his hand and shot one of them in the throat. He fell heavily into the surf, and his companions galloped away. A woman wrapped in a yellow veil followed slowly on a camel, looking back now and then at the dead body.

As soon as they had cast anchor and hauled down the sail, the ne-

uno de nosotros. Tu rostro es demasiado feliz». Y se volvió con el ceño fruncido, y lanzó la lanzadera por el telar, y el joven Rey vio que estaba enhebrada con un hilo de oro.

Un gran terror se apoderó de él y dijo al tejedor: «¿Qué túnica es ésta que estás tejiendo?».

«Es el manto para la coronación del joven Rey», respondió él; «¿de qué te sirve saber eso?».

Y el joven Rey dio un fuerte grito y se despertó, y ¡he aquí! estaba en su propia cámara, y a través de la ventana vio la gran luna color miel colgando en el aire crepuscular.

Y se durmió de nuevo y soñó, y este fue su sueño.

Pensó que estaba tumbado en la cubierta de una enorme galera que remaban un centenar de esclavos. En una alfombra a su lado estaba sentado el amo de la galera. Era negro como el ébano y su turbante era de seda carmesí. Grandes pendientes de plata se arrastraban por los gruesos lóbulos de sus orejas, y en sus manos tenía un par de pesas de marfil.

Los esclavos estaban desnudos, salvo por un harapiento taparrabos, y cada hombre estaba encadenado a su vecino. El ardiente sol pegaba con fuerza sobre ellos, y los negros corrían arriba y abajo por la pasarela y los azotaban con látigos de piel. Extendían sus delgados brazos y tiraban de los pesados remos a través del agua. El rocío salado volaba de las paletas.

Por fin llegaron a una pequeña bahía y comenzaron a lanzar sondas. Un ligero viento soplaba desde la orilla y cubría la cubierta y la gran vela latina con un fino polvo rojo. Tres árabes montados en asnos salvajes salieron a caballo y les arrojaron lanzas. El capitán de la galera tomó un arco pintado en la mano y disparó a uno de ellos en la garganta. Cayó pesadamente al oleaje y sus compañeros se alejaron al galope. Una mujer envuelta en un velo amarillo les seguía lentamente en un camello, mirando de vez en cuando hacia atrás, hacia el cadáver.

En cuanto hubieron echado el ancla y arriado la vela, los negros fue-

groes went into the hold and brought up a long rope-ladder, heavily weighted with lead. The master of the galley threw it over the side, making the ends fast to two iron stanchions. Then the negroes seized the youngest of the slaves and knocked his gyves off, and filled his nostrils and his ears with wax, and tied a big stone round his waist. He crept wearily down the ladder, and disappeared into the sea. A few bubbles rose where he sank. Some of the other slaves peered curiously over the side. At the prow of the galley sat a shark-charmer, beating monotonously upon a drum.

After some time the diver rose up out of the water, and clung panting to the ladder with a pearl in his right hand. The negroes seized it from him, and thrust him back. The slaves fell asleep over their oars.

Again and again he came up, and each time that he did so he brought with him a beautiful pearl. The master of the galley weighed them, and put them into a little bag of green leather.

The young King tried to speak, but his tongue seemed to cleave to the roof of his mouth, and his lips refused to move. The negroes chattered to each other, and began to quarrel over a string of bright beads. Two cranes flew round and round the vessel.

Then the diver came up for the last time, and the pearl that he brought with him was fairer than all the pearls of Ormuz, for it was shaped like the full moon, and whiter than the morning star. But his face was strangely pale, and as he fell upon the deck the blood gushed from his ears and nostrils. He quivered for a little, and then he was still. The negroes shrugged their shoulders, and threw the body overboard.

And the master of the galley laughed, and, reaching out, he took the pearl, and when he saw it he pressed it to his forehead and bowed. 'It shall be,' he said, 'for the sceptre of the young King,' and he made a sign to the negroes to draw up the anchor.

And when the young King heard this he gave a great cry, and woke, and through the window he saw the long grey fingers of the dawn clutching at the fading stars.

ron a la bodega y subieron una larga escalera de cuerda, fuertemente lastrada con plomo. El patrón de la galera la arrojó por la borda, sujetando los extremos a dos puntales de hierro. Entonces los negros agarraron al más joven de los esclavos y le arrancaron los grilletes, le llenaron los orificios nasales y las orejas de cera y le ataron una gran piedra a la cintura. Él se arrastró cansinamente por la escalera y desapareció en el mar. Unas burbujas surgieron donde se hundió. Algunos de los otros esclavos se asomaron curiosos por la borda. En la proa de la galera estaba sentado un tiburonero que golpeaba monótonamente un tambor.

Al cabo de un rato, el buzo salió del agua y se aferró jadeante a la escalera con una perla en la mano derecha. Los negros se la arrebataron y le empujaron hacia atrás. Los esclavos se durmieron sobre sus remos.

Una y otra vez subía, y cada vez que lo hacía traía consigo una hermosa perla. El patrón de la galera las pesaba y las metía en una bolsita de cuero verde.

El joven rey intentó hablar, pero su lengua parecía pegarse al paladar y sus labios se negaban a moverse. Los negros parloteaban entre sí y empezaron a pelearse por una sarta de cuentas brillantes. Dos grullas volaron alrededor del barco.

Entonces el buzo subió por última vez, y la perla que traía era más hermosa que todas las perlas de Ormuz, pues tenía la forma de la luna llena y era más blanca que el lucero del alba. Pero el rostro de él estaba extrañamente pálido, y al caer sobre la cubierta la sangre brotó de sus orejas y fosas nasales. Se estremeció durante un instante y luego se quedó inmóvil. Los negros se encogieron de hombros y arrojaron el cuerpo por la borda.

El capitán de la galera se echó a reír y, alargando la mano, cogió la perla y, al verla, se la apretó contra la frente y se inclinó. «Será», dijo, «para el cetro del joven Rey», e hizo una señal a los negros para que levantasen el ancla.

Y cuando el joven Rey oyó esto dio un gran grito, y se despertó, y a través de la ventana vio los largos dedos grises del amanecer aferrándose a las estrellas que se desvanecían.

And he fell asleep again, and dreamed, and this was his dream.

He thought that he was wandering through a dim wood, hung with strange fruits and with beautiful poisonous flowers. The adders hissed at him as he went by, and the bright parrots flew screaming from branch to branch. Huge tortoises lay asleep upon the hot mud. The trees were full of apes and peacocks.

On and on he went, till he reached the outskirts of the wood, and there he saw an immense multitude of men toiling in the bed of a dried-up river. They swarmed up the crag like ants. They dug deep pits in the ground and went down into them. Some of them cleft the rocks with great axes; others grabbled in the sand.

They tore up the cactus by its roots, and trampled on the scarlet blossoms. They hurried about, calling to each other, and no man was idle.

From the darkness of a cavern Death and Avarice watched them, and Death said, 'I am weary; give me a third of them and let me go.' But Avarice shook her head. 'They are my servants,' she answered.

And Death said to her, 'What hast thou in thy hand?'

'I have three grains of corn,' she answered; 'what is that to thee?'

'Give me one of them,' cried Death, 'to plant in my garden; only one of them, and I will go away.'

'I will not give thee anything,' said Avarice, and she hid her hand in the fold of her raiment.

And Death laughed, and took a cup, and dipped it into a pool of water, and out of the cup rose Ague. She passed through the great multitude, and a third of them lay dead. A cold mist followed her, and the water-snakes ran by her side.

And when Avarice saw that a third of the multitude was dead she beat her breast and wept. She beat her barren bosom, and cried

Y se durmió de nuevo, y soñó, y este fue su sueño.

Pensó que deambulaba por un bosque sombrío, colmado de extraños frutos y de hermosas flores venenosas. Las víboras le siseaban al pasar y los brillantes loros volaban chillando de rama en rama. Enormes tortugas yacían dormidas sobre el barro caliente. Los árboles estaban llenos de simios y pavos reales.

Siguió avanzando hasta que llegó a las afueras del bosque y allí vio una inmensa multitud de hombres que trabajaban en el lecho de un río seco. Subían por el peñasco como hormigas. Cavaban profundas fosas en el suelo y descendían a ellas. Algunos hendían las rocas con grandes hachas; otros se agarraban a la arena.

Arrancaban el cactus de raíz y pisaban las flores escarlata. Corrían de un lado a otro, llamándose unos a otros, y ningún hombre estaba ocioso.

Desde la oscuridad de una caverna, la Muerte y Avaricia los observaron, y la Muerte dijo: «Estoy cansada; dame un tercio de ellos y déjame ir». Pero Avaricia sacudió la cabeza. «Son mis sirvientes», respondió ella.

Y la Muerte le dijo: «¿Qué tienes en la mano?».

«Tengo tres granos de maíz», respondió ella; «¿por qué te importa?».

«Dame uno de ellos», gritó la Muerte, «para plantarlo en mi jardín; sólo uno de ellos, y me iré».

«No te daré nada», dijo Avaricia, y escondió la mano en el pliegue de su vestidura.

Y la Muerte se rió, y tomó una copa, y la sumergió en un estanque de agua, y de la copa surgió la Agonía. Ella pasó a través de la gran multitud, y un tercio de ellos yacía muerto. Una niebla fría la siguió, y las serpientes de agua corrieron a su lado.

Y cuando Avaricia vio que un tercio de la multitud había muerto, se golpeó el pecho y lloró. Se golpeó el pecho y lloró en voz alta. «Has mata-

aloud. 'Thou hast slain a third of my servants,' she cried, 'get thee gone. There is war in the mountains of Tartary, and the kings of each side are calling to thee. The Afghans have slain the black ox, and are marching to battle. They have beaten upon their shields with their spears, and have put on their helmets of iron. What is my valley to thee, that thou shouldst tarry in it? Get thee gone, and come here no more.'

'Nay,' answered Death, 'but till thou hast given me a grain of corn I will not go.'

But Avarice shut her hand, and clenched her teeth. 'I will not give thee anything,' she muttered.

And Death laughed, and took up a black stone, and threw it into the forest, and out of a thicket of wild hemlock came Fever in a robe of flame. She passed through the multitude, and touched them, and each man that she touched died. The grass withered beneath her feet as she walked.

And Avarice shuddered, and put ashes on her head. 'Thou art cruel,' she cried; 'thou art cruel. There is famine in the walled cities of India, and the cisterns of Samarcand have run dry. There is famine in the walled cities of Egypt, and the locusts have come up from the desert. The Nile has not overflowed its banks, and the priests have cursed Isis and Osiris. Get thee gone to those who need thee, and leave me my servants.'

'Nay,' answered Death, 'but till thou hast given me a grain of corn I will not go.'

'I will not give thee anything,' said Avarice.

And Death laughed again, and he whistled through his fingers, and a woman came flying through the air. Plague was written upon her forehead, and a crowd of lean vultures wheeled round her. She covered the valley with her wings, and no man was left alive.

And Avarice fled shrieking through the forest, and Death leaped upon his red horse and galloped away, and his galloping was faster than the wind.

do a un tercio de mis siervos», gritó, «vete. Hay guerra en las montañas de Tartaria, y los reyes de cada bando te llaman. Los afganos han matado al buey negro y marchan a la batalla. Han golpeado sus escudos con sus lanzas, y se han puesto sus cascos de hierro. ¿Qué es mi valle para ti, para que te quedes en él? Vete y no vengas más por aquí».

«No», respondió la Muerte, «hasta que no me des un grano de maíz no me iré».

Pero Avaricia cerró la mano y apretó los dientes. «No te daré nada», murmuró.

Y la Muerte se rió, cogió una piedra negra y la arrojó al bosque, y de un matorral de cicuta salvaje salió la Fiebre vestida con un manto de llamas. Ella pasó a través de la multitud, y los tocó, y cada hombre que ella tocó murió. La hierba se marchitó bajo sus pies mientras ella caminaba.

Y Avaricia se estremeció y se puso ceniza sobre la cabeza. «Eres cruel», gritó; «eres cruel, hay hambre en las ciudades amuralladas de la India, y las cisternas de Samarcanda se han secado. Hay hambre en las ciudades amuralladas de Egipto, y las langostas han subido del desierto. El Nilo no ha desbordado sus orillas, y los sacerdotes han maldecido a Isis y a Osiris. Vete con los que te necesitan y déjame a mis siervos».

«No», respondió la Muerte, «hasta que no me des un grano de maíz no me iré».

«No te daré nada», dijo Avaricia.

Y la Muerte volvió a reír, y silbó entre sus dedos, y una mujer salió volando por los aires. La Peste estaba escrita en su frente, y una multitud de flacos buitres giraba a su alrededor. Cubrió el valle con sus alas, y no quedó hombre vivo.

Y la Avaricia huyó chillando por el bosque, y la Muerte saltó sobre su caballo rojo y se alejó galopando, y su galope era más rápido que el viento.

And out of the slime at the bottom of the valley crept dragons and horrible things with scales, and the jackals came trotting along the sand, sniffing up the air with their nostrils.

And the young King wept, and said: 'Who were these men, and for what were they seeking?'

'For rubies for a king's crown,' answered one who stood behind him.

And the young King started, and, turning round, he saw a man habited as a pilgrim and holding in his hand a mirror of silver.

And he grew pale, and said: 'For what king?'

And the pilgrim answered: 'Look in this mirror, and thou shalt see him.'

And he looked in the mirror, and, seeing his own face, he gave a great cry and woke, and the bright sunlight was streaming into the room, and from the trees of the garden and pleasaunce the birds were singing.

And the Chamberlain and the high officers of State came in and made obeisance to him, and the pages brought him the robe of tissued gold, and set the crown and the sceptre before him.

And the young King looked at them, and they were beautiful. More beautiful were they than aught that he had ever seen. But he remembered his dreams, and he said to his lords: 'Take these things away, for I will not wear them.'

And the courtiers were amazed, and some of them laughed, for they thought that he was jesting.

But he spake sternly to them again, and said: 'Take these things away, and hide them from me. Though it be the day of my coronation, I will not wear them. For on the loom of Sorrow, and by the white hands of Pain, has this my robe been woven. There is Blood in the heart of the ruby, and Death in the heart of the pearl.' And he told them his three dreams.

Y del limo del fondo del valle se arrastraban dragones y cosas horribles con escamas, y los chacales venían trotando por la arena, olfateando el aire con sus narices.

El joven Rey lloró y dijo: «¿Quiénes eran esos hombres y qué buscaban?».

«Buscaban rubíes para la corona de un Rey», respondió uno que estaba detrás de él.

El joven Rey se sobresaltó y, volviéndose, vio a un hombre vestido de peregrino que llevaba en la mano un espejo de plata.

Él se puso pálido y dijo: «¿Para qué rey?».

Y el peregrino respondió: «Mira en este espejo y lo verás».

Él miró en el espejo y, al ver su propio rostro, dio un gran grito y se despertó, y la brillante luz del sol entraba en la habitación, y desde los árboles del jardín y el parterre los pájaros cantaban.

El Chambelán y los altos funcionarios del Estado entraron y le rindieron pleitesía, y los pajes le trajeron el manto de oro tisú y le pusieron delante la corona y el cetro.

Y el joven Rey los miró, y eran hermosos. Eran más hermosos que todo lo que había visto. Pero recordó sus sueños, y dijo a sus señores: «Llévense estas cosas, porque no me las pondré».

Y los cortesanos se asombraron, y algunos de ellos se rieron, pues pensaron que estaba bromeando.

Pero él volvió a hablarles con severidad y les dijo: «Llévense estas cosas y escóndanlas de mí. Aunque sea el día de mi coronación, no me las pondré. Pues en el telar de la Desdicha y por las blancas manos del Dolor, ha sido tejida esta mi túnica. Hay Sangre en el corazón del rubí, y Muerte en el corazón de la perla». Y les contó sus tres sueños.

And when the courtiers heard them they looked at each other and whispered, saying: 'Surely he is mad; for what is a dream but a dream, and a vision but a vision? They are not real things that one should heed them. And what have we to do with the lives of those who toil for us? Shall a man not eat bread till he has seen the sower, nor drink wine till he has talked with the vinedresser?'

And the Chamberlain spake to the young King, and said, 'My lord, I pray thee set aside these black thoughts of thine, and put on this fair robe, and set this crown upon thy head. For how shall the people know that thou art a king, if thou hast not a king's raiment?'

And the young King looked at him. 'Is it so, indeed?' he questioned. 'Will they not know me for a king if I have not a king's raiment?'

'They will not know thee, my lord,' cried the Chamberlain.

'I had thought that there had been men who were kinglike,' he answered, 'but it may be as thou sayest. And yet I will not wear this robe, nor will I be crowned with this crown, but even as I came to the palace so will I go forth from it.'

And he bade them all leave him, save one page whom he kept as his companion, a lad a year younger than himself. Him he kept for his service, and when he had bathed himself in clear water, he opened a great painted chest, and from it he took the leathern tunic and rough sheepskin cloak that he had worn when he had watched on the hillside the shaggy goats of the goatherd. These he put on, and in his hand he took his rude shepherd's staff.

And the little page opened his big blue eyes in wonder, and said smiling to him, 'My lord, I see thy robe and thy sceptre, but where is thy crown?'

And the young King plucked a spray of wild briar that was climbing over the balcony, and bent it, and made a circlet of it, and set it on his own head.

'This shall be my crown,' he answered.

Y cuando los cortesanos los oyeron, se miraron unos a otros y murmuraron, diciendo: «Seguramente está loco; porque ¿qué es un sueño sino un sueño, y una visión sino una visión? No son cosas reales para que uno les haga caso. ¿Y qué tenemos que hacer con las vidas de quienes trabajan para nosotros? ¿No comerá un hombre pan hasta que haya visto al sembrador, ni beberá vino hasta que haya hablado con el viñador?».

Y el Chambelán se dirigió al joven Rey y le dijo: «Mi señor, te ruego que dejes a un lado estos negros pensamientos tuyos, y te pongas este hermoso manto, y coloques esta corona sobre tu cabeza. Porque ¿cómo sabrá el pueblo que eres rey, si no tienes vestiduras de rey?».

Y el joven Rey le miró. «¿Es así, en verdad?», preguntó. «¿No me reconocerán como un rey si no tengo un atuendo de rey?».

«No te reconocerán, mi señor», gritó el Chambelán.

«Había pensado que había hombres que eran como reyes», respondió él, «pero puede ser como tú dices. Y sin embargo no llevaré este manto, ni seré coronado con esta corona, sino que tal como vine al palacio así saldré de él.»

Y les ordenó a todos que le dejaran, excepto a un paje al que mantuvo como compañero, un muchacho un año más joven que él. Lo retuvo para su servicio, y cuando se hubo bañado en agua clara, abrió un gran cofre pintado, y de él sacó la túnica de cuero y la áspera capa de piel de oveja que había llevado cuando vigilaba en la ladera las desgreñadas cabras del cabrero. Se los puso y en la mano cogió su tosco cayado de pastor.

El pajecillo abrió asombrado sus grandes ojos azules y le dijo sonriendo: «Mi señor, veo tu manto y tu cetro, pero ¿dónde está tu corona?».

Y el joven Rey arrancó una rama de zarza silvestre que trepaba por el balcón, la dobló, se hizo con ella una diadema y se la puso en la cabeza.

«Esta será mi corona», respondió.

And thus attired he passed out of his chamber into the Great Hall, where the nobles were waiting for him.

And the nobles made merry, and some of them cried out to him, 'My lord, the people wait for their king, and thou showest them a beggar,' and others were wroth and said, 'He brings shame upon our state, and is unworthy to be our master.' But he answered them not a word, but passed on, and went down the bright porphyry staircase, and out through the gates of bronze, and mounted upon his horse, and rode towards the cathedral, the little page running beside him.

And the people laughed and said, 'It is the King's fool who is riding by,' and they mocked him.

And he drew rein and said, 'Nay, but I am the King.' And he told them his three dreams.

And a man came out of the crowd and spake bitterly to him, and said, 'Sir, knowest thou not that out of the luxury of the rich cometh the life of the poor? By your pomp we are nurtured, and your vices give us bread. To toil for a hard master is bitter, but to have no master to toil for is more bitter still. Thinkest thou that the ravens will feed us? And what cure hast thou for these things? Wilt thou say to the buyer, "Thou shalt buy for so much," and to the seller, "Thou shalt sell at this price"? I trow not. Therefore go back to thy Palace and put on thy purple and fine linen. What hast thou to do with us, and what we suffer?'

'Are not the rich and the poor brothers?' asked the young King.

'Ay,' answered the man, 'and the name of the rich brother is Cain.'

And the young King's eyes filled with tears, and he rode on through the murmurs of the people, and the little page grew afraid and left him.

And when he reached the great portal of the cathedral, the soldiers thrust their halberts out and said, 'What dost thou seek here? None enters by this door but the King.'

Y así ataviado salió de su cámara al Gran Salón, donde le esperaban los nobles.

Y los nobles se rieron, y algunos de ellos le gritaron: «Mi señor, el pueblo espera a su rey, y tú les muestras a un mendigo», y otros se enfurecieron y dijeron: «Él trae la vergüenza a nuestro estado, y es indigno de ser nuestro señor». Pero él no les respondió ni una palabra, sino que siguió adelante, bajó por la brillante escalera de pórfido y salió por las puertas de bronce, montó en su caballo y cabalgó hacia la catedral, con el pajecillo corriendo a su lado.

La gente se reía y decía: «Es el tonto del Rey que pasa cabalgando», y se burlaban de él.

Y él tiró de la rienda y dijo: «No es así, pero es cierto que yo soy el Rey». Y les contó sus tres sueños.

Un hombre salió de entre la multitud y le habló amargamente, diciendo: «Señor, ¿no sabes que del lujo de los ricos nace la vida de los pobres? Con la pompa de ustedes nos nutrimos, y sus vicios nos dan el pan. Trabajar para un amo duro es amargo, pero no tener amo para quien trabajar es más amargo aún. ¿Crees que los cuervos nos alimentarán? ¿Y qué remedio tienes para estas cosas? ¿Dirás al comprador: "Comprarás por tanto", y al vendedor: "Venderás a este precio"? Creo que no. Vuelve, pues, a tu palacio y vístete de púrpura y de lino fino. ¿Qué tienes que hacer entre nosotros y aquellos que sufrimos?».

«¿No son hermanos el rico y el pobre?», preguntó el joven Rey.

«Sí», respondió el hombre, «y el nombre del hermano rico es Caín».

Y los ojos del joven Rey se llenaron de lágrimas, y siguió cabalgando entre los murmullos de la gente, y el pajecillo se asustó y le abandonó.

Y cuando llegó al gran portal de la catedral, los soldados sacaron sus alabardas y dijeron: «¿Qué buscas aquí? Nadie entra por esta puerta excepto el Rey».

And his face flushed with anger, and he said to them, 'I am the King,' and waved their halberts aside and passed in.

And when the old Bishop saw him coming in his goatherd's dress, he rose up in wonder from his throne, and went to meet him, and said to him, 'My son, is this a king's apparel? And with what crown shall I crown thee, and what sceptre shall I place in thy hand? Surely this should be to thee a day of joy, and not a day of abasement.'

'Shall Joy wear what Grief has fashioned?' said the young King. And he told him his three dreams.

And when the Bishop had heard them he knit his brows, and said, 'My son, I am an old man, and in the winter of my days, and I know that many evil things are done in the wide world. The fierce robbers come down from the mountains, and carry off the little children, and sell them to the Moors. The lions lie in wait for the caravans, and leap upon the camels. The wild boar roots up the corn in the valley, and the foxes gnaw the vines upon the hill. The pirates lay waste the sea-coast and burn the ships of the fishermen, and take their nets from them. In the salt-marshes live the lepers; they have houses of wattled reeds, and none may come nigh them. The beggars wander through the cities, and eat their food with the dogs. Canst thou make these things not to be? Wilt thou take the leper for thy bedfellow, and set the beggar at thy board? Shall the lion do thy bidding, and the wild boar obey thee? Is not He who made misery wiser than thou art? Wherefore I praise thee not for this that thou hast done, but I bid thee ride back to the Palace and make thy face glad, and put on the raiment that beseemeth a king, and with the crown of gold I will crown thee, and the sceptre of pearl will I place in thy hand. And as for thy dreams, think no more of them. The burden of this world is too great for one man to bear, and the world's sorrow too heavy for one heart to suffer.'

'Sayest thou that in this house?' said the young King, and he strode past the Bishop, and climbed up the steps of the altar, and stood before the image of Christ.

He stood before the image of Christ, and on his right hand and on his left were the marvellous vessels of gold, the chalice with the yel-

Su rostro enrojeció de ira y les dijo: "Yo soy el Rey", e hizo a un lado sus alabardas y pasó.

Y cuando el anciano Obispo lo vio llegar con su vestido de cabrero, se levantó maravillado de su trono, fue a su encuentro y le dijo: «Hijo mío, ¿es éste el atuendo de un rey? ¿Con qué corona te coronaré y qué cetro pondré en tu mano? Ciertamente éste debería ser para ti un día de alegría, y no un día de abatimiento».

«¿Debe la Alegría vestir lo que la Pena ha modelado?», dijo el joven Rey. Y le contó sus tres sueños.

Cuando el Obispo los hubo oído, frunció el ceño y dijo: «Hijo mío, soy un anciano y estoy en el invierno de mis días, y sé que se hacen muchas cosas malas en el ancho mundo. Los feroces ladrones bajan de las montañas, se llevan a los niños pequeños y los venden a los Moros. Los leones acechan a las caravanas y saltan sobre los camellos. El jabalí desarraiga el maíz en el valle, y los zorros roen las vides en la colina. Los piratas asolan la costa y queman los barcos de los pescadores y les arrebatan sus redes. En los pantanos salados viven los leprosos; tienen casas de juncos, y nadie puede acercarse a ellos. Los mendigos vagan por las ciudades, y comen su comida con los perros. ¿Puedes hacer que estas cosas no sean? ¿Tomarás al leproso por compañero de cama y pondrás al mendigo a tu mesa? ¿Hará el león tu voluntad, y el jabalí te obedecerá? ¿No es más sabio que tú Aquel que hizo la miseria? Por eso no te alabo por esto que has hecho, sino que te ordeno que vuelvas cabalgando a Palacio y alegres tu rostro, y te pongas las vestiduras que corresponden a un rey, y con la corona de oro te coronaré, y el cetro de perlas pondré en tu mano. Y en cuanto a tus sueños, no pienses más en ellos. La carga de este mundo es demasiado grande para que la lleve un solo hombre, y la pena del mundo demasiado pesada para que la sufra un solo corazón».

«¿Dices eso en esta casa?», dijo el joven Rey, y pasó junto al Obispo, subió los escalones del altar y se detuvo ante la imagen de Cristo.

Él estaba de pie ante la imagen de Cristo, y a su derecha y a su izquierda estaban los maravillosos vasos de oro, el cáliz con el vino amarillo

low wine, and the vial with the holy oil. He knelt before the image of Christ, and the great candles burned brightly by the jewelled shrine, and the smoke of the incense curled in thin blue wreaths through the dome. He bowed his head in prayer, and the priests in their stiff copes crept away from the altar.

And suddenly a wild tumult came from the street outside, and in entered the nobles with drawn swords and nodding plumes, and shields of polished steel. 'Where is this dreamer of dreams?' they cried. 'Where is this King who is apparelled like a beggar--this boy who brings shame upon our state? Surely we will slay him, for he is unworthy to rule over us.'

And the young King bowed his head again, and prayed, and when he had finished his prayer he rose up, and turning round he looked at them sadly.

And lo! through the painted windows came the sunlight streaming upon him, and the sun-beams wove round him a tissued robe that was fairer than the robe that had been fashioned for his pleasure. The dead staff blossomed, and bare lilies that were whiter than pearls. The dry thorn blossomed, and bare roses that were redder than rubies. Whiter than fine pearls were the lilies, and their stems were of bright silver. Redder than male rubies were the roses, and their leaves were of beaten gold.

He stood there in the raiment of a king, and the gates of the jewelled shrine flew open, and from the crystal of the many-rayed monstrance shone a marvellous and mystical light. He stood there in a king's raiment, and the Glory of God filled the place, and the saints in their carven niches seemed to move. In the fair raiment of a king he stood before them, and the organ pealed out its music, and the trumpeters blew upon their trumpets, and the singing boys sang.

And the people fell upon their knees in awe, and the nobles sheathed their swords and did homage, and the Bishop's face grew pale, and his hands trembled. 'A greater than I hath crowned thee,' he cried, and he knelt before him.

And the young King came down from the high altar, and passed

y la ampolla con el óleo santo. Se arrodilló ante la imagen de Cristo, y las grandes velas ardían brillantes junto al relicario enjoyado, y el humo del incienso se enroscaba en finas coronas azules a través de la cúpula. Inclinó la cabeza en oración, y los sacerdotes con sus rígidas capas se alejaron sigilosamente del altar.

Y de repente un tumulto salvaje vino de la calle de fuera, y entraron los nobles con espadas desenvainadas y penachos cabeceantes, y escudos de acero pulido. «¿Dónde está este soñador de sueños?», gritaron. «¿Dónde está este Rey que va vestido como un mendigo... este muchacho que avergüenza a nuestro estado? Es seguro que lo mataremos, pues es indigno de gobernarnos».

El joven Rey inclinó de nuevo la cabeza y rezó, y cuando hubo terminado su oración se levantó y, volviéndose, los miró con tristeza.

Y he aquí que a través de las ventanas pintadas le llegó la luz del sol, y los rayos del sol tejieron a su alrededor un manto de tisú más hermoso que el que se había confeccionado para su placer. La vara muerta floreció, y desnudó lirios que eran más blancos que las perlas. El espino seco floreció, y dio rosas que eran más rojas que los rubíes. Más blancos que perlas finas eran los lirios, y sus tallos eran de plata brillante. Más rojas que rubíes eran las rosas, y sus hojas eran de oro batido.

Permaneció allí con los ropajes de un rey, y las puertas del santuario enjoyado se abrieron de par en par, y del cristal de la custodia de muchos rayos brilló una luz maravillosa y mística. Estaba allí con vestiduras de rey, y la Gloria de Dios llenó el lugar, y los santos en sus nichos esculpidos parecían moverse. En las bellas vestiduras de un rey estaba de pie ante ellos, y el órgano repicaba su música, y los trompetistas soplaban sus trompetas, y los niños cantores cantaban.

Y el pueblo cayó de rodillas sobrecogido, y los nobles envainaron sus espadas y rindieron homenaje, y el rostro del Obispo palideció y sus manos temblaron. «Uno más grande que yo te ha coronado», gritó, y se arrodilló ante él.

Y el joven Rey bajó del altar mayor y pasó hacia su casa en medio del

home through the midst of the people. But no man dared look upon his face, for it was like the face of an angel.

pueblo. Pero ningún hombre se atrevió a mirar su rostro, pues era como el rostro de un ángel.

The Birthday of the Infanta

It was the birthday of the Infanta. She was just twelve years of age, and the sun was shining brightly in the gardens of the palace.

Although she was a real Princess and the Infanta of Spain, she had only one birthday every year, just like the children of quite poor people, so it was naturally a matter of great importance to the whole country that she should have a really fine day for the occasion. And a really fine day it certainly was. The tall striped tulips stood straight up upon their stalks, like long rows of soldiers, and looked defiantly across the grass at the roses, and said: 'We are quite as splendid as you are now.' The purple butterflies fluttered about with gold dust on their wings, visiting each flower in turn; the little lizards crept out of the crevices of the wall, and lay basking in the white glare; and the pomegranates split and cracked with the heat, and showed their bleeding red hearts. Even the pale yellow lemons, that hung in such profusion from the mouldering trellis and along the dim arcades, seemed to have caught a richer colour from the wonderful sunlight, and the magnolia trees opened their great globe-like blossoms of folded ivory, and filled the air with a sweet heavy perfume.

The little Princess herself walked up and down the terrace with her companions, and played at hide and seek round the stone vases and the old moss-grown statues. On ordinary days she was only allowed to play with children of her own rank, so she had always to play alone, but her birthday was an exception, and the King had given orders that she was to invite any of her young friends whom she liked to come and amuse themselves with her. There was a stately grace about these slim Spanish children as they glided about, the boys with their large-plumed hats and short fluttering cloaks, the girls holding up the trains of their long brocaded gowns, and shielding the sun from their eyes with huge fans of black and silver. But the Infanta was the most graceful of all, and the most tastefully attired, after the somewhat cumbrous fashion of the day. Her robe was of grey satin, the skirt and the wide puffed sleeves heavily embroidered with silver, and the stiff corset studded with rows of fine pearls. Two tiny slippers with big pink rosettes peeped out beneath her dress as she walked. Pink and pearl was her great gauze fan, and in her hair, which like an aureole of faded gold stood out stiffly round her pale little face, she

El cumpleaños de la Infanta

Era el cumpleaños de la Infanta. Ella tenía sólo doce años y el sol brillaba con fuerza en los jardines del palacio.

Aunque era una verdadera Princesa y la Infanta de España, sólo tenía un cumpleaños al año, como los hijos de la gente bastante pobre, así que naturalmente era un asunto de gran importancia para todo el país que ella tuviera un día realmente bonito para la ocasión. Y sin duda lo era. Los altos tulipanes rayados se erguían sobre sus tallos, como largas hileras de soldados, y miraban desafiantes a través de la hierba a las rosas, y decían: «Ahora somos tan espléndidos como ustedes». Las mariposas púrpuras revoloteaban con polvo dorado en las alas, visitando cada flor por turno; las lagartijas salían sigilosamente de las grietas del muro, y yacían tomando el sol en el resplandor blanco; y las granadas se partían y agrietaban con el calor, y mostraban sus corazones rojos sangrantes. Incluso los pálidos limones amarillos, que colgaban en tal profusión de los enrejados enmohecidos y a lo largo de las oscuras arcadas, parecían haber adquirido un color más rico por la maravillosa luz del sol, y los árboles de magnolias abrían sus grandes flores en forma de globo de marfil plegado, y llenaban el aire de un dulce y pesado perfume.

La propia Princesita paseaba arriba y abajo por la terraza con sus compañeras y jugaba al escondite alrededor de los jarrones de piedra y las viejas estatuas cubiertas de musgo. En los días ordinarios sólo se le permitía jugar con niños de su mismo rango, por lo que siempre tenía que jugar sola, pero su cumpleaños era una excepción, y el Rey había dado órdenes de que invitara a cualquiera de sus jóvenes amigos que le gustara a venir y divertirse con ella. Había una gracia majestuosa en estos esbeltos niños españoles mientras se deslizaban, los chicos con sus grandes sombreros de plumas y sus cortas capas ondeantes, las chicas sujetando las colas de sus largos vestidos brocados y protegiéndose del sol de los ojos con enormes abanicos de negro y plata. Pero la Infanta era la más agraciada de todas, y la que iba ataviada con más gusto, según la moda algo recargada de la época. Su toga era de raso gris, la falda y las anchas mangas abullonadas muy bordadas de plata, y el rígido corsé tachonado de hileras de finas perlas. Dos diminutas zapatillas con grandes rosetones de color rosa asomaban bajo su vestido mientras caminaba. Rosa y perla era su gran abanico de gasa, y en el pelo, que como una aureola de oro desteñido destacaba rígidamente alrededor de su pálida

had a beautiful white rose.

From a window in the palace the sad melancholy King watched them. Behind him stood his brother, Don Pedro of Aragon, whom he hated, and his confessor, the Grand Inquisitor of Granada, sat by his side. Sadder even than usual was the King, for as he looked at the Infanta bowing with childish gravity to the assembling counters, or laughing behind her fan at the grim Duchess of Albuquerque who always accompanied her, he thought of the young Queen, her mother, who but a short time before--so it seemed to him--had come from the gay country of France, and had withered away in the sombre splendour of the Spanish court, dying just six months after the birth of her child, and before she had seen the almonds blossom twice in the orchard, or plucked the second year's fruit from the old gnarled fig-tree that stood in the centre of the now grass-grown courtyard. So great had been his love for her that he had not suffered even the grave to hide her from him. She had been embalmed by a Moorish physician, who in return for this service had been granted his life, which for heresy and suspicion of magical practices had been already forfeited, men said, to the Holy Office, and her body was still lying on its tapestried bier in the black marble chapel of the Palace, just as the monks had borne her in on that windy March day nearly twelve years before. Once every month the King, wrapped in a dark cloak and with a muffled lantern in his hand, went in and knelt by her side calling out, 'Mi reina! Mi reina!' and sometimes breaking through the formal etiquette that in Spain governs every separate action of life, and sets limits even to the sorrow of a King, he would clutch at the pale jewelled hands in a wild agony of grief, and try to wake by his mad kisses the cold painted face.

To-day he seemed to see her again, as he had seen her first at the Castle of Fontainebleau, when he was but fifteen years of age, and she still younger. They had been formally betrothed on that occasion by the Papal Nuncio in the presence of the French King and all the Court, and he had returned to the Escurial bearing with him a little ringlet of yellow hair, and the memory of two childish lips bending down to kiss his hand as he stepped into his carriage. Later on had followed the marriage, hastily performed at Burgos, a small town on the frontier between the two countries, and the grand public entry into Madrid with the customary celebration of high mass at the Church of La

carita, llevaba una hermosa rosa blanca.

Desde una ventana del palacio, el Rey, triste y melancólico, los observaba. Detrás de él estaba su hermano, Don Pedro de Aragón, a quien odiaba, y su confesor, el Gran Inquisidor de Granada, sentado a su lado. Más triste aún que de costumbre estaba el Rey, pues mientras miraba a la Infanta inclinarse con gravedad infantil ante los cubos reunidos, o reírse detrás de su abanico de la sombría Duquesa de Alburquerque que siempre la acompañaba, pensaba en la joven Reina, su madre, que poco tiempo antes —así le parecía— había llegado del alegre país de Francia, y se había marchitado en el sombrío esplendor de la corte española, muriendo sólo seis meses después del nacimiento de su hija, antes de que hubiera visto florecer dos veces los almendros en el huerto, o arrancado los frutos del segundo año de la vieja higuera nudosa que se alzaba en el centro del patio, ahora cubierto de hierba. Tan grande había sido su amor por ella que no había permitido que ni siquiera la tumba se la ocultara. Había sido embalsamada por un médico morisco, a quien a cambio de este servicio se le había concedido la vida, que por herejía y sospecha de prácticas mágicas ya había perdido, según decían los hombres, ante el Santo Oficio, y el cuerpo de ella aún yacía en su féretro tapizado en la capilla de mármol negro del Palacio, tal y como los monjes la habían llevado aquel ventoso día de marzo de hacía casi doce años. Una vez al mes, el Rey, envuelto en un manto oscuro y con una linterna cubierta en la mano, entraba y se arrodillaba a su lado gritando: *«¡Mi reina! Mi reina!»* y, a veces, rompiendo la etiqueta formal que en España rige cada acción separada de la vida, y pone límites incluso al dolor de un Rey, se agarraba a las pálidas manos enjoyadas en una salvaje agonía de dolor, e intentaba despertar con sus besos enloquecidos el frío rostro pintado.

Hoy le parecía verla de nuevo, como la había visto por primera vez en el Castillo de Fontainebleau, cuando él no tenía más que quince años, y ella aún más joven. En aquella ocasión habían sido prometidos formalmente por el Nuncio papal en presencia del Rey francés y de toda la corte, y él había regresado al Escorial llevando consigo un pequeño rizo de pelo rubio y el recuerdo de dos labios infantiles que se inclinaban para besarle la mano al subir a su carruaje. Más tarde había seguido el matrimonio, celebrado apresuradamente en Burgos, una pequeña ciudad en la frontera entre los dos países, y la gran entrada pública en Madrid con la acostumbrada celebración de la misa mayor en la iglesia de La

Atocha, and a more than usually solemn auto-da-fe, in which nearly three hundred heretics, amongst whom were many Englishmen, had been delivered over to the secular arm to be burned.

Certainly he had loved her madly, and to the ruin, many thought, of his country, then at war with England for the possession of the empire of the New World. He had hardly ever permitted her to be out of his sight; for her, he had forgotten, or seemed to have forgotten, all grave affairs of State; and, with that terrible blindness that passion brings upon its servants, he had failed to notice that the elaborate ceremonies by which he sought to please her did but aggravate the strange malady from which she suffered. When she died he was, for a time, like one bereft of reason. Indeed, there is no doubt but that he would have formally abdicated and retired to the great Trappist monastery at Granada, of which he was already titular Prior, had he not been afraid to leave the little Infanta at the mercy of his brother, whose cruelty, even in Spain, was notorious, and who was suspected by many of having caused the Queen's death by means of a pair of poisoned gloves that he had presented to her on the occasion of her visiting his castle in Aragon. Even after the expiration of the three years of public mourning that he had ordained throughout his whole dominions by royal edict, he would never suffer his ministers to speak about any new alliance, and when the Emperor himself sent to him, and offered him the hand of the lovely Archduchess of Bohemia, his niece, in marriage, he bade the ambassadors tell their master that the King of Spain was already wedded to Sorrow, and that though she was but a barren bride he loved her better than Beauty; an answer that cost his crown the rich provinces of the Netherlands, which soon after, at the Emperor's instigation, revolted against him under the leadership of some fanatics of the Reformed Church.

His whole married life, with its fierce, fiery-coloured joys and the terrible agony of its sudden ending, seemed to come back to him today as he watched the Infanta playing on the terrace. She had all the Queen's pretty petulance of manner, the same wilful way of tossing her head, the same proud curved beautiful mouth, the same wonderful smile--*vrai sourire de France* indeed--as she glanced up now and then at the window, or stretched out her little hand for the stately Spanish gentlemen to kiss. But the shrill laughter of the children grated on his ears, and the bright pitiless sunlight mocked his sor-

Atocha, y un auto de fe más solemne de lo habitual, en el que cerca de trescientos herejes, entre los que había muchos ingleses, habían sido entregados al brazo secular para ser quemados.

Ciertamente, él la había amado con locura, y hasta la ruina —pensaron muchos— de su país, entonces en guerra con Inglaterra por la posesión del imperio del Nuevo Mundo. Casi nunca él le había permitido a ella perderse de vista; por ella había olvidado, o parecía haber olvidado, todos los asuntos graves de Estado; y, con esa terrible ceguera que la pasión provoca en sus servidores, no se había dado cuenta de que las elaboradas ceremonias con las que trataba de complacerla no hacían sino agravar el extraño mal que padecía. Cuando ella murió él se sintió, durante un tiempo, como alguien privado de razón. De hecho, no cabe duda de que habría abdicado formalmente y se habría retirado al gran monasterio trapense de Granada, del que ya era Prior titular, si no hubiera temido dejar a la pequeña Infanta a merced de su hermano, cuya crueldad, incluso en España, era notoria, y de quien muchos sospechaban que había causado la muerte de la Reina mediante un par de guantes envenenados que le había regalado con motivo de su visita a su castillo en Aragón. Incluso después de la expiración de los tres años de luto público que había ordenado en todos sus dominios por edicto real, nunca permitió que sus ministros hablaran de ninguna nueva alianza, y cuando el propio Emperador le envió y le ofreció la mano de la encantadora Archiduquesa de Bohemia, su sobrina, en matrimonio, ordenó a los embajadores que dijeran a su señor que el Rey de España ya estaba casado con la Dolorosa, y que aunque no era más que una novia estéril la amaba más que a la Bella; una respuesta que le costó a su corona las ricas provincias de los Países Bajos, que poco después, a instigación del Emperador, se rebelaron contra él bajo el liderazgo de algunos fanáticos de la Iglesia Reformada.

Toda su vida de casado, con sus feroces y fogosas alegrías y la terrible agonía de su repentino final, parecía volver a él hoy mientras observaba a la Infanta jugando en la terraza. Tenía toda la bonita petulancia de la Reina, la misma manera voluntariosa de mover la cabeza, la misma boca hermosa y curvada, la misma sonrisa maravillosa —*vrai sourire de France* en verdad— cuando miraba de vez en cuando hacia la ventana o extendía su manita para que la besaran los señoriales caballeros españoles. Pero las estridentes risas de los niños le rechinaban en los oídos, y la brillante y despiadada luz del sol se burlaba de su pena, y un sordo

row, and a dull odour of strange spices, spices such as embalmers use, seemed to taint--or was it fancy?--the clear morning air. He buried his face in his hands, and when the Infanta looked up again the curtains had been drawn, and the King had retired.

She made a little moue of disappointment, and shrugged her shoulders. Surely he might have stayed with her on her birthday. What did the stupid State-affairs matter? Or had he gone to that gloomy chapel, where the candles were always burning, and where she was never allowed to enter? How silly of him, when the sun was shining so brightly, and everybody was so happy! Besides, he would miss the sham bull-fight for which the trumpet was already sounding, to say nothing of the puppet-show and the other wonderful things. Her uncle and the Grand Inquisitor were much more sensible. They had come out on the terrace, and paid her nice compliments. So she tossed her pretty head, and taking Don Pedro by the hand, she walked slowly down the steps towards a long pavilion of purple silk that had been erected at the end of the garden, the other children following in strict order of precedence, those who had the longest names going first.

A procession of noble boys, fantastically dressed as toreadors, came out to meet her, and the young Count of Tierra-Nueva, a wonderfully handsome lad of about fourteen years of age, uncovering his head with all the grace of a born hidalgo and grandee of Spain, led her solemnly in to a little gilt and ivory chair that was placed on a raised dais above the arena. The children grouped themselves all round, fluttering their big fans and whispering to each other, and Don Pedro and the Grand Inquisitor stood laughing at the entrance. Even the Duchess--the Camerera-Mayor as she was called--a thin, hard-featured woman with a yellow ruff, did not look quite so bad-tempered as usual, and something like a chill smile flitted across her wrinkled face and twitched her thin bloodless lips.

It certainly was a marvellous bull-fight, and much nicer, the Infanta thought, than the real bull-fight that she had been brought to see at Seville, on the occasion of the visit of the Duke of Parma to her father. Some of the boys pranced about on richly-caparisoned hobby-horses brandishing long javelins with gay streamers of bright ribands attached to them; others went on foot waving their scarlet cloaks be-

olor a extrañas especias, especias como las que usan los embalsamadores, parecía empañar —¿o era fantasía?— el claro aire de la mañana. Enterró la cara entre las manos, y cuando la Infanta volvió a levantar la vista, las cortinas se habían corrido y el Rey se había retirado.

Ella hizo una pequeña mueca de decepción y se encogió de hombros. Seguramente se tendría que haber quedado con ella el día de su cumpleaños. ¿Qué importaban los estúpidos asuntos de Estado? ¿O se había ido a esa capilla sombría, donde las velas siempre estaban encendidas, y donde a ella nunca se le permitía entrar? ¡Qué tonto era, cuando el sol brillaba tanto y todo el mundo estaba tan contento! Además, se perdería el simulacro de corrida de toros para el que ya sonaba la trompeta, por no hablar del espectáculo de marionetas y las demás cosas maravillosas. Su tío y el Gran Inquisidor eran mucho más sensatos. Habían salido a la terraza y le habían hecho bonitos cumplidos. Así que ella sacudió su bonita cabeza, y cogiendo a Don Pedro de la mano, bajó lentamente los escalones hacia un largo pabellón de seda púrpura que se había erigido al final del jardín, los otros niños la seguían en estricto orden de precedencia, los que tenían los nombres más largos iban primero.

Una procesión de niños nobles, fantásticamente vestidos como toreros, salió a recibirla, y el joven Conde de Tierra-Nueva, un muchacho maravillosamente apuesto de unos catorce años, descubriéndose la cabeza con toda la gracia de un gran hidalgo nato de España, la condujo solemnemente hasta una pequeña silla de marfil y enchapado de oro que estaba colocada en un estrado elevado sobre la arena. Los niños se agruparon alrededor, agitando sus grandes abanicos y cuchicheando entre ellos, y Don Pedro y el Gran Inquisidor se quedaron riendo a la entrada. Incluso la Duquesa —la Camerera-Alcaldesa, como la llamaban—, una mujer delgada y de facciones duras con una gorguera amarilla, no parecía tan malhumorada como de costumbre, y algo parecido a una sonrisa helada recorrió su rostro arrugado y crispó sus finos labios exangües.

Ciertamente era una corrida maravillosa, y mucho más bonita, pensó la Infanta, que la corrida de verdad que la habían llevado a ver a Sevilla, con motivo de la visita del Duque de Parma a su padre. Algunos de los chicos cabalgaban a lomos de caballos ricamente caparazonados blandiendo largas jabalinas con alegres serpentinas de brillantes cintas sujetas a ellas; otros iban a pie agitando sus capas escarlatas ante

fore the bull, and vaulting lightly over the barrier when he charged them; and as for the bull himself, he was just like a live bull, though he was only made of wicker-work and stretched hide, and sometimes insisted on running round the arena on his hind legs, which no live bull ever dreams of doing. He made a splendid fight of it too, and the children got so excited that they stood up upon the benches, and waved their lace handkerchiefs and cried out: Bravo toro! Bravo toro! just as sensibly as if they had been grown-up people. At last, however, after a prolonged combat, during which several of the hobby-horses were gored through and through, and, their riders dismounted, the young Count of Tierra-Nueva brought the bull to his knees, and having obtained permission from the Infanta to give the coup de grace, he plunged his wooden sword into the neck of the animal with such violence that the head came right off, and disclosed the laughing face of little Monsieur de Lorraine, the son of the French Ambassador at Madrid.

The arena was then cleared amidst much applause, and the dead hobby-horses dragged solemnly away by two Moorish pages in yellow and black liveries, and after a short interlude, during which a French posture-master performed upon the tightrope, some Italian puppets appeared in the semi-classical tragedy of Sophonisba on the stage of a small theatre that had been built up for the purpose. They acted so well, and their gestures were so extremely natural, that at the close of the play the eyes of the Infanta were quite dim with tears. Indeed some of the children really cried, and had to be comforted with sweetmeats, and the Grand Inquisitor himself was so affected that he could not help saying to Don Pedro that it seemed to him intolerable that things made simply out of wood and coloured wax, and worked mechanically by wires, should be so unhappy and meet with such terrible misfortunes.

An African juggler followed, who brought in a large flat basket covered with a red cloth, and having placed it in the centre of the arena, he took from his turban a curious reed pipe, and blew through it. In a few moments the cloth began to move, and as the pipe grew shriller and shriller two green and gold snakes put out their strange wedge-shaped heads and rose slowly up, swaying to and fro with the music as a plant sways in the water. The children, however, were rather frightened at their spotted hoods and quick darting tongues, and were

el toro y saltando ligeramente por encima de la barrera cuando éste les embestía; y en cuanto al toro en sí, era igual que un toro vivo, aunque sólo estaba hecho de mimbre y piel estirada, y a veces insistía en correr alrededor de la arena sobre sus patas traseras, cosa que ningún toro vivo sueña con hacer. Además dio una pelea espléndida, y los niños se emocionaron tanto que se subieron a los bancos, agitaron sus pañuelos de encaje y gritaron: *¡Bravo toro! ¡Bravo toro!* tan sensiblemente como si hubieran sido personas adultas. Al final, sin embargo, tras un prolongado combate, durante el cual varios de los caballos de aficionados fueron corneados de parte a parte y, desmontados sus jinetes, el joven Conde de Tierra-Nueva puso al toro de rodillas y, tras obtener permiso de la Infanta para dar el golpe de gracia, clavó su espada de madera en el cuello del animal con tal violencia que la cabeza se desprendió y dejó al descubierto el rostro risueño del pequeño Monsieur de Lorraine, hijo del Embajador Francés en Madrid.

Después de un breve interludio —durante el cual un maestro de postura francés actuó en la cuerda floja— unos títeres italianos representaron la tragedia semiclásica de Sofonisba en el escenario de un pequeño teatro que se había construido para la ocasión. Actuaron tan bien, y sus gestos eran tan extremadamente naturales, que al final de la obra los ojos de la Infanta estaban bastante empañados por las lágrimas. De hecho, algunos de los niños lloraron de verdad y tuvieron que ser consolados con dulces, y el propio Gran Inquisidor estaba tan afectado que no pudo evitar decirle a Don Pedro que le parecía intolerable que cosas hechas simplemente de madera y cera coloreada, y que funcionaban mecánicamente mediante alambres, fueran tan infelices y sufrieran desgracias tan terribles.

Le siguió un malabarista africano que trajo una gran cesta plana cubierta con una tela roja y, tras colocarla en el centro de la arena, sacó de su turbante una curiosa pipa de caña y sopló a través de ella. En unos instantes, la tela empezó a moverse y, a medida que la flauta se hacía más y más estridente, dos serpientes verdes y doradas sacaron sus extrañas cabezas en forma de cuña y se elevaron lentamente, balanceándose de un lado a otro con la música como una planta se balancea en el agua. Los niños, sin embargo, se asustaron bastante ante sus capuchas

much more pleased when the juggler made a tiny orange-tree grow out of the sand and bear pretty white blossoms and clusters of real fruit; and when he took the fan of the little daughter of the Marquess de Las-Torres, and changed it into a blue bird that flew all round the pavilion and sang, their delight and amazement knew no bounds. The solemn minuet, too, performed by the dancing boys from the church of Nuestra Senora Del Pilar, was charming. The Infanta had never before seen this wonderful ceremony which takes place every year at Maytime in front of the high altar of the Virgin, and in her honour; and indeed none of the royal family of Spain had entered the great cathedral of Saragossa since a mad priest, supposed by many to have been in the pay of Elizabeth of England, had tried to administer a poisoned wafer to the Prince of the Asturias. So she had known only by hearsay of 'Our Lady's Dance,' as it was called, and it certainly was a beautiful sight. The boys wore old-fashioned court dresses of white velvet, and their curious three-cornered hats were fringed with silver and surmounted with huge plumes of ostrich feathers, the dazzling whiteness of their costumes, as they moved about in the sunlight, being still more accentuated by their swarthy faces and long black hair. Everybody was fascinated by the grave dignity with which they moved through the intricate figures of the dance, and by the elaborate grace of their slow gestures, and stately bows, and when they had finished their performance and doffed their great plumed hats to the Infanta, she acknowledged their reverence with much courtesy, and made a vow that she would send a large wax candle to the shrine of Our Lady of Pilar in return for the pleasure that she had given her.

A troop of handsome Egyptians--as the gipsies were termed in those days--then advanced into the arena, and sitting down cross-legs, in a circle, began to play softly upon their zithers, moving their bodies to the tune, and humming, almost below their breath, a low dreamy air. When they caught sight of Don Pedro they scowled at him, and some of them looked terrified, for only a few weeks before he had had two of their tribe hanged for sorcery in the market- place at Seville, but the pretty Infanta charmed them as she leaned back peeping over her fan with her great blue eyes, and they felt sure that one so lovely as she was could never be cruel to anybody. So they played on very gently and just touching the cords of the zithers with their long pointed nails, and their heads began to nod as though they

moteadas y sus lenguas rápidas y escurridizas, y se alegraron mucho más cuando el malabarista hizo crecer de la arena un naranjo diminuto que daba bonitas flores blancas y racimos de fruta de verdad; y cuando él cogió el abanico de la hija pequeña del Marqués de Las Torres y lo transformó en un pájaro azul que voló alrededor del pabellón y cantó, su deleite y asombro no tuvieron límites. También fue encantador el solemne minué interpretado por los bailarines de la iglesia de Nuestra Señora del Pilar. La Infanta nunca había visto esta maravillosa ceremonia que tiene lugar todos los años en el mes de mayo ante el altar mayor de la Virgen, y en su honor; y de hecho ningún miembro de la familia real de España había entrado en la gran catedral de Zaragoza desde que un sacerdote loco, que muchos suponían a sueldo de Isabel de Inglaterra, había intentado administrar una hostia envenenada al Príncipe de Asturias. Así que sólo había sabido de oídas del «Baile de Nuestra Señora», como se le llamaba, y ciertamente era un espectáculo hermoso. Los chicos llevaban vestidos de corte a la antigua usanza, de terciopelo blanco, y sus curiosos sombreros de tres picos estaban orlados de plata y coronados con enormes penachos de plumas de avestruz; la deslumbrante blancura de sus trajes, cuando se movían a la luz del sol, se veía aún más acentuada por sus rostros morenos y sus largos cabellos negros. Todo el mundo estaba fascinado por la grave dignidad con la que se movían a través de las intrincadas figuras de la danza, y por la elaborada gracia de sus lentos gestos, y señoriales reverencias, y cuando hubieron terminado su actuación y se quitaron sus grandes sombreros emplumados ante la Infanta, ésta agradeció su reverencia con mucha cortesía, e hizo el voto de que enviaría una gran vela de cera al santuario de Nuestra Señora del Pilar en recompensa por el placer que le había proporcionado.

Una tropa de apuestos egipcios —como se llamaba a los gitanos en aquella época— avanzó entonces hacia la arena y, sentados con las piernas cruzadas, formando un círculo, empezaron a tocar suavemente sus cítaras, moviendo el cuerpo al son de la melodía y tarareando, casi por debajo de la respiración, un aire bajo y soñador. Cuando vieron a Don Pedro, le miraron con el ceño fruncido y algunos de ellos parecían aterrorizados, pues sólo unas semanas antes había mandado ahorcar a dos de su tribu por brujería en el mercado de Sevilla, pero la hermosa Infanta les encantó mientras se inclinaba hacia atrás espiando por encima de su abanico con sus grandes ojos azules, y se sintieron seguros de que alguien tan encantadora como ella nunca podría ser cruel con nadie. Así que siguieron tocando muy suavemente y sólo rozando los cuerdas de

were falling asleep. Suddenly, with a cry so shrill that all the children were startled and Don Pedro's hand clutched at the agate pommel of his dagger, they leapt to their feet and whirled madly round the enclosure beating their tambourines, and chaunting some wild love-song in their strange guttural language. Then at another signal they all flung themselves again to the ground and lay there quite still, the dull strumming of the zithers being the only sound that broke the silence. After that they had done this several times, they disappeared for a moment and came back leading a brown shaggy bear by a chain, and carrying on their shoulders some little Barbary apes. The bear stood upon his head with the utmost gravity, and the wizened apes played all kinds of amusing tricks with two gipsy boys who seemed to be their masters, and fought with tiny swords, and fired off guns, and went through a regular soldier's drill just like the King's own body-guard. In fact the gipsies were a great success.

But the funniest part of the whole morning's entertainment, was undoubtedly the dancing of the little Dwarf. When he stumbled into the arena, waddling on his crooked legs and wagging his huge mis-shapen head from side to side, the children went off into a loud shout of delight, and the Infanta herself laughed so much that the Camer-era was obliged to remind her that although there were many prece-dents in Spain for a King's daughter weeping before her equals, there were none for a Princess of the blood royal making so merry before those who were her inferiors in birth. The Dwarf, however, was really quite irresistible, and even at the Spanish Court, always noted for its cultivated passion for the horrible, so fantastic a little monster had never been seen. It was his first appearance, too. He had been dis-covered only the day before, running wild through the forest, by two of the nobles who happened to have been hunting in a remote part of the great cork-wood that surrounded the town, and had been carried off by them to the Palace as a surprise for the Infanta; his father, who was a poor charcoal-burner, being but too well pleased to get rid of so ugly and useless a child. Perhaps the most amusing thing about him was his complete unconsciousness of his own grotesque appearance. Indeed he seemed quite happy and full of the highest spirits. When the children laughed, he laughed as freely and as joyously as any of them, and at the close of each dance he made them each the funni-

las cítaras con sus largas uñas puntiagudas, y sus cabezas empezaron a cabecear como si se estuvieran quedando dormidos. De repente, con un grito tan agudo que todos los niños se sobresaltaron y la mano de Don Pedro aferró el pomo de ágata de su daga, se pusieron en pie de un salto y giraron enloquecidos alrededor del recinto golpeando sus panderetas y canturreando alguna salvaje canción de amor en su extraño lenguaje gutural. Luego, a otra señal, se arrojaron todos de nuevo al suelo y se quedaron allí inmóviles, siendo el sordo rasgueo de las cítaras el único sonido que rompía el silencio. Después de haber hecho esto varias veces, desaparecieron por un momento y volvieron conduciendo a un oso peludo pardo por una cadena y llevando sobre sus hombros a unos pequeños monos de Berbería. El oso se mantenía de pie sobre su cabeza con la mayor gravedad, y los enjutos simios hacían todo tipo de divertidas jugarretas con dos niños gitanos que parecían ser sus amos, y luchaban con espadas diminutas, y disparaban pistolas, y hacían un simulacro de soldado común igual que el propio guardaespaldas del Rey. De hecho, los gitanos fueron un gran éxito.

Pero lo más divertido de todo el entretenimiento de la mañana fue sin duda el baile del Enanito. Cuando tropezó en la arena, contoneándose sobre sus piernas torcidas y meneando su enorme cabeza deforme de un lado a otro, los niños prorrumpieron en un sonoro grito de júbilo, y la propia Infanta se rió tanto que la Camerera se vio obligada a recordarle que, aunque en España había muchos precedentes de una hija del Rey llorando ante sus iguales, no los había de una Princesa de sangre real alegrándose tanto ante quienes eran sus inferiores en nacimiento. El Enano, sin embargo, era realmente irresistible, e incluso en la Corte española, siempre destacada por su cultivada pasión por lo horrible, nunca se había visto un monstruito tan fantástico. Además, era su primera aparición. Había sido descubierto el día anterior, corriendo salvaje por el bosque, por dos de los nobles que casualmente estaban cazando en una parte remota del gran bosque de alcornoques que rodeaba la ciudad, y se lo habían llevado a Palacio como sorpresa para la Infanta; su padre, que era un pobre carbonero, se alegró demasiado de deshacerse de un niño tan feo e inútil. Quizá lo más divertido de él era su completa inconsciencia de su propio aspecto grotesco. De hecho, parecía muy feliz y lleno del mejor de los espíritus. Cuando los niños reían, él reía tan libre y alegremente como cualquiera de ellos, y al final de cada baile les hacía a cada uno la más graciosa de las reverencias, sonriéndoles y saludándoles con la cabeza como si fuera realmente uno de ellos, y no una

est of bows, smiling and nodding at them just as if he was really one of themselves, and not a little misshapen thing that Nature, in some humourous mood, had fashioned for others to mock at. As for the Infanta, she absolutely fascinated him. He could not keep his eyes off her, and seemed to dance for her alone, and when at the close of the performance, remembering how she had seen the great ladies of the Court throw bouquets to Caffarelli, the famous Italian treble, whom the Pope had sent from his own chapel to Madrid that he might cure the King's melancholy by the sweetness of his voice, she took out of her hair the beautiful white rose, and partly for a jest and partly to tease the Camerera, threw it to him across the arena with her sweetest smile, he took the whole matter quite seriously, and pressing the flower to his rough coarse lips he put his hand upon his heart, and sank on one knee before her, grinning from ear to ear, and with his little bright eyes sparkling with pleasure.

This so upset the gravity of the Infanta that she kept on laughing long after the little Dwarf had ran out of the arena, and expressed a desire to her uncle that the dance should be immediately repeated. The Camerera, however, on the plea that the sun was too hot, decided that it would be better that her Highness should return without delay to the Palace, where a wonderful feast had been already prepared for her, including a real birthday cake with her own initials worked all over it in painted sugar and a lovely silver flag waving from the top. The Infanta accordingly rose up with much dignity, and having given orders that the little dwarf was to dance again for her after the hour of siesta, and conveyed her thanks to the young Count of Tierra-Nueva for his charming reception, she went back to her apartments, the children following in the same order in which they had entered.

Now when the little Dwarf heard that he was to dance a second time before the Infanta, and by her own express command, he was so proud that he ran out into the garden, kissing the white rose in an absurd ecstasy of pleasure, and making the most uncouth and clumsy gestures of delight.

The Flowers were quite indignant at his daring to intrude into their beautiful home, and when they saw him capering up and down the walks, and waving his arms above his head in such a ridiculous manner, they could not restrain their feelings any longer.

pequeña cosa deforme que la Naturaleza, en algún humor, había modelado para que otros se burlaran de ella. En cuanto a la Infanta, le fascinaba absolutamente. No podía apartar los ojos de ella, y parecía bailar sólo para ella, y cuando al final de la actuación, recordando cómo había visto a las grandes damas de la Corte lanzar ramos de flores a Caffarelli, el famoso tiple italiano, a quien el Papa había enviado desde su propia capilla a Madrid para que curara la melancolía del Rey con la dulzura de su voz, ella se sacó del pelo la hermosa rosa blanca, y en parte por broma y en parte para burlarse de la Camerera, se la lanzó al otro lado de la arena con su sonrisa más dulce; él se tomó todo el asunto muy en serio, y apretando la flor contra sus ásperos y toscos labios se puso la mano en el corazón, y se arrodilló ante ella, sonriendo de oreja a oreja, y con sus ojillos brillantes chispeando de placer.

Esto alteró tanto la gravedad de la Infanta que siguió riendo mucho después de que el Enanito hubiera salido corriendo de la arena, y expresó a su tío el deseo de que el baile se repitiera inmediatamente. La Camerera, sin embargo, alegando que el sol calentaba demasiado, decidió que sería mejor que su Alteza regresara sin demora a Palacio, donde ya le habían preparado un maravilloso banquete, que incluía una auténtica torta de cumpleaños con sus propias iniciales labradas por todas partes en azúcar pintado y una preciosa bandera de plata ondeando en lo alto. La Infanta se levantó en consecuencia con mucha dignidad, y habiendo dado órdenes de que el enanito volviera a bailar para ella después de la hora de la siesta, y transmitido su agradecimiento al joven Conde de Tierra-Nueva por su encantadora recepción, regresó a sus aposentos, siguiéndole los niños en el mismo orden en que habían entrado.

Ahora bien, cuando el Enanito se enteró de que iba a bailar por segunda vez ante la Infanta, y por orden expresa de ésta, se sintió tan orgulloso que salió corriendo al jardín, besando la rosa blanca en un absurdo éxtasis de placer, y haciendo los más groseros y torpes gestos de deleite.

Las Flores estaban muy indignadas por su atrevimiento de entrometerse en su hermoso hogar, y cuando le vieron hacer cabriolas arriba y abajo por los paseos, y agitar los brazos por encima de la cabeza de una manera tan ridícula, no pudieron contener sus sentimientos por más tiempo.

'He is really far too ugly to be allowed to play in any place where we are,' cried the Tulips.

'He should drink poppy-juice, and go to sleep for a thousand years,' said the great scarlet Lilies, and they grew quite hot and angry.

'He is a perfect horror!' screamed the Cactus. 'Why, he is twisted and stumpy, and his head is completely out of proportion with his legs. Really he makes me feel prickly all over, and if he comes near me I will sting him with my thorns.'

'And he has actually got one of my best blooms,' exclaimed the White Rose-Tree. 'I gave it to the Infanta this morning myself, as a birthday present, and he has stolen it from her.' And she called out: 'Thief, thief, thief!' at the top of her voice.

Even the red Geraniums, who did not usually give themselves airs, and were known to have a great many poor relations themselves, curled up in disgust when they saw him, and when the Violets meekly remarked that though he was certainly extremely plain, still he could not help it, they retorted with a good deal of justice that that was his chief defect, and that there was no reason why one should admire a person because he was incurable; and, indeed, some of the Violets themselves felt that the ugliness of the little Dwarf was almost ostentatious, and that he would have shown much better taste if he had looked sad, or at least pensive, instead of jumping about merrily, and throwing himself into such grotesque and silly attitudes.

As for the old Sundial, who was an extremely remarkable individual, and had once told the time of day to no less a person than the Emperor Charles V. himself, he was so taken aback by the little Dwarf's appearance, that he almost forgot to mark two whole minutes with his long shadowy finger, and could not help saying to the great milk-white Peacock, who was sunning herself on the balustrade, that every one knew that the children of Kings were Kings, and that the children of charcoal-burners were charcoal-burners, and that it was absurd to pretend that it wasn't so; a statement with which the Peacock entirely agreed, and indeed screamed out, 'Certainly, certainly,' in such a loud, harsh voice, that the gold-fish who lived in the basin of the cool splashing fountain put their heads out of the water, and asked

«Realmente es demasiado feo para que se le permita jugar en donde sea que estemos», gritaron los Tulipanes.

«Debería beber zumo de amapola y dormirse durante mil años», dijeron los grandes lirios escarlata, y se acaloraron y enfadaron.

«¡Es un completo horror!», gritó el Cactus. «Vaya, es retorcido y rechoncho, y su cabeza está completamente desproporcionada con respecto a sus piernas. Realmente me hace sentir pinchazos por todas partes, y si se acerca a mí le picaré con mis espinas».

«Y de hecho se ha quedado con una de mis mejores flores», exclamó el Rosal Blanco. «Yo misma se la di a la Infanta esta mañana, como regalo de cumpleaños, y él se la ha robado». Y ella gritó: «¡Ladrón, ladrón, ladrón!», a voz en cuello.

Incluso los Geranios rojos, que no solían darse aires de grandeza y eran conocidos por tener ellos mismos un gran número de parientes pobres, se encorvaron de disgusto cuando lo vieron, y cuando las Violetas comentaron mansamente que, aunque ciertamente era extremadamente feo, no podía evitarlo, replicaron con bastante justicia que ése era su principal defecto, y que no había razón para que uno admirara a una persona porque fuera incurable; y, de hecho, algunas de las propias Violetas opinaron que la fealdad del Enanito era casi ostentosa, y que habría mostrado mucho mejor gusto si hubiera parecido triste, o al menos pensativo, en lugar de saltar alegremente de un lado a otro y lanzarse en actitudes tan grotescas y tontas.

En cuanto al viejo Reloj de Sol, que era un individuo extremadamente notable, y que una vez le había dado la hora del día nada menos que al mismísimo Emperador Carlos V en persona, estaba tan desconcertado por la aparición del Enanito, que casi se olvidó de marcar dos minutos enteros con su largo dedo sombrío, y no pudo evitar decirle al gran Pavo Real blanco como la leche, que estaba tomando sol en la balaustrada, que todo el mundo sabía que los hijos de los Reyes eran Reyes, y que los hijos de los carboneros eran carboneros, y que era absurdo pretender que no era así; una afirmación con la que el Pavo Real estuvo totalmente de acuerdo, y de hecho gritó: «Ciertamente, ciertamente», con una voz tan alta y áspera, que los peces dorados que vivían en la cuenca de la fresca fuente salpicada sacaron la cabeza fuera del agua, y preguntaron

the huge stone Tritons what on earth was the matter.

But somehow the Birds liked him. They had seen him often in the forest, dancing about like an elf after the eddying leaves, or crouched up in the hollow of some old oak-tree, sharing his nuts with the squirrels. They did not mind his being ugly, a bit. Why, even the nightingale herself, who sang so sweetly in the orange groves at night that sometimes the Moon leaned down to listen, was not much to look at after all; and, besides, he had been kind to them, and during that terribly bitter winter, when there were no berries on the trees, and the ground was as hard as iron, and the wolves had come down to the very gates of the city to look for food, he had never once forgotten them, but had always given them crumbs out of his little hunch of black bread, and divided with them whatever poor breakfast he had.

So they flew round and round him, just touching his cheek with their wings as they passed, and chattered to each other, and the little Dwarf was so pleased that he could not help showing them the beautiful white rose, and telling them that the Infanta herself had given it to him because she loved him.

They did not understand a single word of what he was saying, but that made no matter, for they put their heads on one side, and looked wise, which is quite as good as understanding a thing, and very much easier.

The Lizards also took an immense fancy to him, and when he grew tired of running about and flung himself down on the grass to rest, they played and romped all over him, and tried to amuse him in the best way they could. 'Every one cannot be as beautiful as a lizard,' they cried; 'that would be too much to expect. And, though it sounds absurd to say so, he is really not so ugly after all, provided, of course, that one shuts one's eyes, and does not look at him.' The Lizards were extremely philosophical by nature, and often sat thinking for hours and hours together, when there was nothing else to do, or when the weather was too rainy for them to go out.

The Flowers, however, were excessively annoyed at their behav-

a los enormes Tritones de piedra qué demonios ocurría.

Pero de alguna manera él les caía bien a los Pájaros. Lo habían visto a menudo en el bosque, bailando como un duende tras las hojas que se arremolinan, o agazapado en el hueco de algún viejo roble, compartiendo sus nueces con las ardillas. No les importaba lo más mínimo que fuera feo. Porque, incluso el propio ruiseñor, que cantaba tan dulcemente en los naranjales por la noche que a veces la Luna se inclinaba para escucharlo, no era muy bello de ver después de todo; y, además, él había sido amable con ellos, y durante aquel invierno terriblemente amargo, cuando no había bayas en los árboles, y el suelo estaba tan duro como el hierro, y los lobos habían bajado hasta las mismas puertas de la ciudad en busca de comida, nunca se había olvidado de ellos ni una sola vez, sino que siempre les había dado migajas de su pequeña joroba de pan negro, y había repartido con ellos cualquier pobre desayuno que tuviera.

Así que volaron a su alrededor, rozándole la mejilla con las alas al pasar, y parlotearon entre ellos, y el Enanito estaba tan contento que no pudo evitar mostrarles la hermosa rosa blanca, y decirles que la propia Infanta se la había regalado porque le quería.

Ellos no entendieron ni una sola palabra de lo que decía, pero eso no importaba, pues pusieron la cabeza a un lado y pusieron cara de sabios, que es tanto como entender una cosa, y mucho más fácil.

Los Lagartos también se encapricharon enormemente con él y, cuando se cansó de corretear y se tumbó en la hierba a descansar, jugaron y retozaron a su alrededor y trataron de divertirlo de la mejor manera que pudieron. «No todo el mundo puede ser tan hermoso como una lagartija», exclamaban; «eso sería esperar demasiado. Y, aunque suene absurdo decirlo, en realidad no es tan feo después de todo, siempre que, por supuesto, uno cierre los ojos y no lo mire». Los Lagartos eran extremadamente filosóficos por naturaleza, y a menudo se sentaban a pensar juntos durante horas y horas, cuando no había nada más que hacer, o cuando el tiempo era demasiado lluvioso para salir.

Las Flores, sin embargo, estaban excesivamente molestas por su

iour, and at the behaviour of the birds. 'It only shows,' they said, 'what a vulgarising effect this incessant rushing and flying about has. Well-bred people always stay exactly in the same place, as we do. No one ever saw us hopping up and down the walks, or galloping madly through the grass after dragon-flies. When we do want change of air, we send for the gardener, and he carries us to another bed. This is dignified, and as it should be. But birds and lizards have no sense of repose, and indeed birds have not even a permanent address. They are mere vagrants like the gipsies, and should be treated in exactly the same manner.' So they put their noses in the air, and looked very haughty, and were quite delighted when after some time they saw the little Dwarf scramble up from the grass, and make his way across the terrace to the palace.

'He should certainly be kept indoors for the rest of his natural life,' they said. 'Look at his hunched back, and his crooked legs,' and they began to titter.

But the little Dwarf knew nothing of all this. He liked the birds and the lizards immensely, and thought that the flowers were the most marvellous things in the whole world, except of course the Infanta, but then she had given him the beautiful white rose, and she loved him, and that made a great difference. How he wished that he had gone back with her! She would have put him on her right hand, and smiled at him, and he would have never left her side, but would have made her his playmate, and taught her all kinds of delightful tricks. For though he had never been in a palace before, he knew a great many wonderful things. He could make little cages out of rushes for the grasshoppers to sing in, and fashion the long jointed bamboo into the pipe that Pan loves to hear. He knew the cry of every bird, and could call the starlings from the tree-top, or the heron from the mere. He knew the trail of every animal, and could track the hare by its delicate footprints, and the boar by the trampled leaves. All the wild-dances he knew, the mad dance in red raiment with the autumn, the light dance in blue sandals over the corn, the dance with white snow-wreaths in winter, and the blossom-dance through the orchards in spring. He knew where the wood-pigeons built their nests, and once when a fowler had snared the parent birds, he had brought up the young ones himself, and had built a little dovecot for them in the cleft of a pollard elm. They were quite tame, and used to

comportamiento y por el de los pájaros. «Sólo demuestra», dijeron, «el efecto vulgarizador que tienen estas incesantes prisas y vuelos. La gente bien educada siempre se queda exactamente en el mismo sitio, como hacemos nosotras. Nadie nos ha visto nunca saltando arriba y abajo por los paseos, o galopando locamente por la hierba tras las libélulas. Cuando queremos cambiar de aires, mandamos llamar al jardinero, y él nos lleva a otra cama. Esto es digno, y como debe ser. Pero los pájaros y los lagartos no tienen sentido del reposo, y de hecho los pájaros ni siquiera tienen una dirección permanente. Son meros vagabundos como los gitanos, y deberían ser tratados exactamente de la misma manera». Así que levantaron la nariz y pusieron caras altaneras, y se quedaron encantados cuando, al cabo de un rato, vieron al Enanito levantarse de la hierba y dirigirse por la terraza hacia el palacio.

«Sin duda debería permanecer encerrado el resto de su vida natural», dijeron ellas. «Miren su espalda encorvada y sus patas torcidas», y empezaron a reírse a carcajadas.

Pero el Enanito no sabía nada de todo esto. Le gustaban inmensamente los pájaros y los lagartos, y pensaba que las flores eran las cosas más maravillosas de todo el mundo, excepto, por supuesto, la Infanta, pero entonces ella le había regalado la hermosa rosa blanca, y ella le quería, y eso marcaba una gran diferencia. ¡Cómo deseaba haber vuelto con ella! Ella le habría puesto a su derecha, y le habría sonreído, y él nunca se habría separado de su lado, sino que la habría convertido en su compañera de juegos, y le habría enseñado todo tipo de trucos deliciosos. Pues aunque nunca había estado en un palacio, sabía muchas cosas maravillosas. Podía hacer pequeñas jaulas de juncos para que los saltamontes cantaran en ellas, y moldear el largo bambú articulado hasta convertirlo en la pipa que a Pan le encanta oír. Conocía el grito de cada pájaro, y podía llamar a los estorninos desde la copa del árbol, o a la garza desde el mero. Conocía el rastro de cada animal, y podía rastrear a la liebre por sus delicadas huellas, y al jabalí por las hojas pisoteadas. Conocía todas las danzas silvestres, la danza loca en ropas rojas con el otoño, la danza ligera en sandalias azules sobre el maíz, la danza con blancas coronas de nieve en invierno, y la danza de las flores a través de los huertos en primavera. Sabía dónde hacían sus nidos las palomas torcaces, y una vez que un cazador de aves había atrapado a las aves progenitoras, él mismo había criado a las crías y les había construido un pequeño palomar en la hendidura de un olmo desmochado. Eran

feed out of his hands every morning. She would like them, and the rabbits that scurried about in the long fern, and the jays with their steely feathers and black bills, and the hedgehogs that could curl themselves up into prickly balls, and the great wise tortoises that crawled slowly about, shaking their heads and nibbling at the young leaves. Yes, she must certainly come to the forest and play with him. He would give her his own little bed, and would watch outside the window till dawn, to see that the wild horned cattle did not harm her, nor the gaunt wolves creep too near the hut. And at dawn he would tap at the shutters and wake her, and they would go out and dance together all the day long. It was really not a bit lonely in the forest. Sometimes a Bishop rode through on his white mule, reading out of a painted book. Sometimes in their green velvet caps, and their jerkins of tanned deerskin, the falconers passed by, with hooded hawks on their wrists. At vintage-time came the grape-treaders, with purple hands and feet, wreathed with glossy ivy and carrying dripping skins of wine; and the charcoal-burners sat round their huge braziers at night, watching the dry logs charring slowly in the fire, and roasting chestnuts in the ashes, and the robbers came out of their caves and made merry with them. Once, too, he had seen a beautiful procession winding up the long dusty road to Toledo. The monks went in front singing sweetly, and carrying bright banners and crosses of gold, and then, in silver armour, with matchlocks and pikes, came the soldiers, and in their midst walked three barefooted men, in strange yellow dresses painted all over with wonderful figures, and carrying lighted candles in their hands. Certainly there was a great deal to look at in the forest, and when she was tired he would find a soft bank of moss for her, or carry her in his arms, for he was very strong, though he knew that he was not tall. He would make her a necklace of red bryony berries, that would be quite as pretty as the white berries that she wore on her dress, and when she was tired of them, she could throw them away, and he would find her others. He would bring her acorn-cups and dew-drenched anemones, and tiny glow-worms to be stars in the pale gold of her hair.

But where was she? He asked the white rose, and it made him no answer. The whole palace seemed asleep, and even where the shutters had not been closed, heavy curtains had been drawn across the windows to keep out the glare. He wandered all round looking for some place through which he might gain an entrance, and at last he

bastante mansos, y solían alimentarse de sus manos todas las mañanas. A ella le gustarían, y los conejos que correteaban entre los largos helechos, y los arrendajos con sus plumas aceradas y sus picos negros, y los erizos que podían enroscarse en bolas espinosas, y las grandes tortugas sabias que se arrastraban lentamente, sacudiendo la cabeza y mordisqueando las hojas jóvenes. Sí, sin duda ella debía venir al bosque y jugar con él. Le daría su propia camita, y vigilaría por la ventana hasta el amanecer, para asegurarse de que el ganado salvaje con cuernos no le hiciera daño, ni los lobos enjutos se acercaran demasiado a la cabaña. Y al amanecer golpearía los postigos y la despertaría, y saldrían a bailar juntos todo el día. La verdad es que el bosque no era nada solitario. A veces pasaba un Obispo en su mula blanca, leyendo en un libro pintado. A veces, con sus gorros de terciopelo verde y sus cotas de piel de ciervo curtida, pasaban los cetreros, con halcones encapuchados en las muñecas. En la época de la vendimia llegaban los pisadores de uvas, con las manos y los pies de color púrpura, adornados con hiedra brillante y portando pellejos goteantes de vino; y los carboneros se sentaban por la noche alrededor de sus enormes braseros, observando cómo los troncos secos se carbonizaban lentamente en el fuego y asaban castañas en las cenizas, y los ladrones salían de sus cuevas y se divertían con ellos. Una vez, también, había visto una hermosa procesión serpenteando por el largo y polvoriento camino de Toledo. Los monjes iban delante cantando dulcemente, y portando brillantes estandartes y cruces de oro, y luego, con armaduras de plata, cerillas y picas, venían los soldados, y en medio de ellos caminaban tres hombres descalzos, con extraños vestidos amarillos pintados por todas partes con figuras maravillosas, y llevando velas encendidas en las manos. Ciertamente, había mucho que ver en el bosque, y cuando ella se cansara, él encontraría un mullido banco de musgo para ella, o la llevaría en brazos, pues era muy fuerte, aunque sabía que no era alto. Le haría un collar de bayas rojas de mirra, que sería tan bonito como las bayas blancas que llevaba en el vestido, y cuando se cansara de ellas, podría tirarlas y él le encontraría otras. Le traería copas de bellotas y anémonas empapadas de rocío, y diminutas luciérnagas para que fueran estrellas en el oro pálido de su cabello.

Pero ¿dónde estaba ella? preguntó él a la rosa blanca, que no le dio respuesta. Todo el palacio parecía dormido e, incluso donde no se habían cerrado los postigos, se habían echado pesadas cortinas sobre las ventanas para evitar el resplandor. Él deambuló por todas partes buscando algún lugar por el que pudiera entrar, y por fin divisó una pe-

caught sight of a little private door that was lying open. He slipped through, and found himself in a splendid hall, far more splendid, he feared, than the forest, there was so much more gilding everywhere, and even the floor was made of great coloured stones, fitted together into a sort of geometrical pattern. But the little Infanta was not there, only some wonderful white statues that looked down on him from their jasper pedestals, with sad blank eyes and strangely smiling lips.

At the end of the hall hung a richly embroidered curtain of black velvet, powdered with suns and stars, the King's favourite devices, and broidered on the colour he loved best. Perhaps she was hiding behind that? He would try at any rate.

So he stole quietly across, and drew it aside. No; there was only another room, though a prettier room, he thought, than the one he had just left. The walls were hung with a many-figured green arras of needle-wrought tapestry representing a hunt, the work of some Flemish artists who had spent more than seven years in its composition. It had once been the chamber of Jean le Fou, as he was called, that mad King who was so enamoured of the chase, that he had often tried in his delirium to mount the huge rearing horses, and to drag down the stag on which the great hounds were leaping, sounding his hunting horn, and stabbing with his dagger at the pale flying deer. It was now used as the council-room, and on the centre table were lying the red portfolios of the ministers, stamped with the gold tulips of Spain, and with the arms and emblems of the house of Hapsburg.

The little Dwarf looked in wonder all round him, and was half-afraid to go on. The strange silent horsemen that galloped so swiftly through the long glades without making any noise, seemed to him like those terrible phantoms of whom he had heard the charcoal-burners speaking--the Comprachos, who hunt only at night, and if they meet a man, turn him into a hind, and chase him. But he thought of the pretty Infanta, and took courage. He wanted to find her alone, and to tell her that he too loved her. Perhaps she was in the room beyond.

He ran across the soft Moorish carpets, and opened the door. No! She was not here either. The room was quite empty.

queña puerta privada que estaba abierta. Se deslizó a través de ella y se encontró en un espléndido salón, mucho más espléndido, temía, que el bosque, había mucho más dorado por todas partes, e incluso el suelo estaba hecho de grandes piedras de colores, encajadas unas en otras formando una especie de dibujo geométrico. Pero la pequeña Infanta no estaba allí, sólo unas maravillosas estatuas blancas que le miraban desde sus pedestales de jaspe, con tristes ojos inexpresivos y labios extrañamente sonrientes.

Al fondo del salón colgaba una cortina ricamente bordada de terciopelo negro, salpicada de soles y estrellas, los adornos favoritos del Rey, y bordada en el color que más le gustaba. ¿Quizá se ocultaba tras ella? En cualquier caso, lo intentaría.

Así que cruzó sigilosamente y la apartó. No; sólo había otra habitación, aunque más bonita, pensó, que la que acababa de dejar. De las paredes colgaba un tapiz verde con muchas figuras forjado con aguja que representaba una cacería, obra de unos artistas flamencos que habían empleado más de siete años en su composición. Antaño había sido la cámara de Jean le Fou, como le llamaban, aquel Rey loco que estaba tan enamorado de la caza, que a menudo había intentado en su delirio montar los enormes caballos encabritados y arrastrar al ciervo sobre el que saltaban los grandes sabuesos, haciendo sonar su cuerno de caza y apuñalando con su daga al pálido ciervo volador. Ahora se utilizaba como sala del consejo, y sobre la mesa central yacían los portafolios rojos de los ministros, estampados con los tulipanes dorados de España y con las armas y emblemas de la casa de Habsburgo.

El Enanito miró maravillado a su alrededor y casi que tuvo miedo de seguir adelante. Los extraños jinetes silenciosos, que galopaban tan rápidamente por los largos claros sin hacer ruido, le parecían esos terribles fantasmas de los que había oído hablar a los carboneros: los Comprachos, que cazan sólo de noche y, si se encuentran con un hombre, lo convierten en cierva y lo persiguen. Pero él pensó en la bonita Infanta, y se armó de valor. Quería encontrarla a solas, y decirle que él también la amaba. Tal vez estuviera en la habitación que estaba más allá.

Corrió por las suaves alfombras moriscas y abrió la puerta. ¡No! Ella tampoco estaba allí. La habitación estaba bastante vacía.

It was a throne-room, used for the reception of foreign ambassadors, when the King, which of late had not been often, consented to give them a personal audience; the same room in which, many years before, envoys had appeared from England to make arrangements for the marriage of their Queen, then one of the Catholic sovereigns of Europe, with the Emperor's eldest son. The hangings were of gilt Cordovan leather, and a heavy gilt chandelier with branches for three hundred wax lights hung down from the black and white ceiling. Underneath a great canopy of gold cloth, on which the lions and towers of Castile were broidered in seed pearls, stood the throne itself, covered with a rich pall of black velvet studded with silver tulips and elaborately fringed with silver and pearls. On the second step of the throne was placed the kneeling-stool of the Infanta, with its cushion of cloth of silver tissue, and below that again, and beyond the limit of the canopy, stood the chair for the Papal Nuncio, who alone had the right to be seated in the King's presence on the occasion of any public ceremonial, and whose Cardinal's hat, with its tangled scarlet tassels, lay on a purple tabouret in front. On the wall, facing the throne, hung a life-sized portrait of Charles V. in hunting dress, with a great mastiff by his side, and a picture of Philip II. receiving the homage of the Netherlands occupied the centre of the other wall. Between the windows stood a black ebony cabinet, inlaid with plates of ivory, on which the figures from Holbein's Dance of Death had been graved-- by the hand, some said, of that famous master himself.

But the little Dwarf cared nothing for all this magnificence. He would not have given his rose for all the pearls on the canopy, nor one white petal of his rose for the throne itself. What he wanted was to see the Infanta before she went down to the pavilion, and to ask her to come away with him when he had finished his dance. Here, in the Palace, the air was close and heavy, but in the forest the wind blew free, and the sunlight with wandering hands of gold moved the tremulous leaves aside. There were flowers, too, in the forest, not so splendid, perhaps, as the flowers in the garden, but more sweetly scented for all that; hyacinths in early spring that flooded with waving purple the cool glens, and grassy knolls; yellow primroses that nestled in little clumps round the gnarled roots of the oak-trees; bright celandine, and blue speedwell, and irises lilac and gold. There were grey catkins on the hazels, and the foxgloves drooped with the weight of

Era un salón del trono, utilizado para la recepción de embajadores extranjeros, cuando el Rey, lo que últimamente no ocurría con frecuencia, consentía en concederles una audiencia personal; el mismo salón en el que, muchos años antes, se habían presentado enviados de Inglaterra para hacer los preparativos del matrimonio de su Reina, entonces una de las soberanas católicas de Europa, con el hijo mayor del Emperador. Las colgaduras eran de cuero cordobés dorado, y una pesada araña dorada con brazos para trescientas luces de cera colgaba del techo blanco y negro. Bajo un gran dosel de tela dorada, en el que los leones y las torres de Castilla estaban bordados en perlas de cultivo, se alzaba el trono propiamente dicho, cubierto con un rico palio de terciopelo negro tachonado de tulipanes plateados y elaboradamente orlado de plata y perlas. En el segundo escalón del trono se ubicaba el reclinatorio de la Infanta, con su cojín de paño de tisú plateado, y debajo de éste, de nuevo, y más allá del límite del dosel, se situaba la silla para el Nuncio papal, que era el único que tenía derecho a sentarse en presencia del Rey con ocasión de cualquier ceremonia pública, y cuyo sombrero cardenalicio, con sus borlas escarlata enredadas, yacía sobre un tabouret púrpura delante del asiento. En la pared, frente al trono, colgaba un retrato de tamaño natural de Carlos V en traje de caza, con un gran mastín a su lado, y un cuadro de Felipe II recibiendo el homenaje de los Países Bajos ocupaba el centro de la otra pared. Entre las ventanas había un gabinete de ébano negro, con incrustaciones de placas de marfil, en el que se habían esculpido las figuras de la Danza de la Muerte de Holbein —de la mano, según algunos, del propio famoso maestro—.

Pero al Enanito no le importaba nada toda esta magnificencia. No habría dado su rosa por todas las perlas del dosel, ni un pétalo blanco de su rosa por el trono mismo. Lo que quería era ver a la Infanta antes de que ella bajara al pabellón, y pedirle que se fuera con él cuando hubiera terminado su baile. Aquí, en el Palacio, el aire estaba encerrado y era pesado, pero en el bosque el viento soplaba libre, y la luz del sol, con manos errantes de oro, movía a un lado las hojas trémulas. También había flores en el bosque, no tan espléndidas, quizá, como las del jardín, pero más dulcemente perfumadas a pesar de todo; jacintos de principios de la primavera que inundaban de ondulante púrpura las frescas cañadas y las lomas cubiertas de hierba; prímulas amarillas que anidaban en pequeños grupos alrededor de las nudosas raíces de los robles; celidonia brillante y verónica azul, e iris lila y dorado. Había amentos grises en los avellanos, y las dedaleras caían con el peso de sus celdillas moteadas

their dappled bee-haunted cells. The chestnut had its spires of white stars, and the hawthorn its pallid moons of beauty. Yes: surely she would come if he could only find her! She would come with him to the fair forest, and all day long he would dance for her delight. A smile lit up his eyes at the thought, and he passed into the next room.

Of all the rooms this was the brightest and the most beautiful. The walls were covered with a pink-flowered Lucca damask, patterned with birds and dotted with dainty blossoms of silver; the furniture was of massive silver, festooned with florid wreaths, and swinging Cupids; in front of the two large fire-places stood great screens broidered with parrots and peacocks, and the floor, which was of sea-green onyx, seemed to stretch far away into the distance. Nor was he alone. Standing under the shadow of the doorway, at the extreme end of the room, he saw a little figure watching him. His heart trembled, a cry of joy broke from his lips, and he moved out into the sunlight. As he did so, the figure moved out also, and he saw it plainly.

The Infanta! It was a monster, the most grotesque monster he had ever beheld. Not properly shaped, as all other people were, but hunchbacked, and crooked-limbed, with huge lolling head and mane of black hair. The little Dwarf frowned, and the monster frowned also. He laughed, and it laughed with him, and held its hands to its sides, just as he himself was doing. He made it a mocking bow, and it returned him a low reverence. He went towards it, and it came to meet him, copying each step that he made, and stopping when he stopped himself. He shouted with amusement, and ran forward, and reached out his hand, and the hand of the monster touched his, and it was as cold as ice. He grew afraid, and moved his hand across, and the monster's hand followed it quickly. He tried to press on, but something smooth and hard stopped him. The face of the monster was now close to his own, and seemed full of terror. He brushed his hair off his eyes. It imitated him. He struck at it, and it returned blow for blow. He loathed it, and it made hideous faces at him. He drew back, and it retreated.

What is it? He thought for a moment, and looked round at the rest of the room. It was strange, but everything seemed to have its double in this invisible wall of clear water. Yes, picture for picture was repeated, and couch for couch. The sleeping Faun that lay in the al-

de abejas. El castaño tenía sus espirales de estrellas blancas, y el espino sus pálidas lunas de belleza. Sí: ¡seguramente ella vendría si él pudiera encontrarla! Ella vendría con él al hermoso bosque, y durante todo el día él bailaría para su deleite. Una sonrisa iluminó sus ojos ante este pensamiento, y pasó a la habitación contigua.

De todas las habitaciones, ésta era la más luminosa y hermosa. Las paredes estaban cubiertas de un damasco de Lucca con flores rosas, estampado con pájaros y salpicado de delicadas flores de plata; los muebles eran de plata maciza, engalanados con floridas coronas y Cupidos que se columpiaban; delante de las dos grandes chimeneas había grandes biombos bordados con loros y pavos reales, y el suelo, de ónice verde mar, parecía extenderse a lo lejos. Tampoco estaba solo. De pie bajo la sombra de la puerta, en el extremo de la estancia, vio una pequeña figura que le observaba. Su corazón se estremeció, un grito de alegría brotó de sus labios y él se acercó a la luz del sol. Al hacerlo, la figura se acercó también, y él la vio claramente.

¡La Infanta! Era un monstruo, el monstruo más grotesco que jamás había contemplado. No tenía la forma adecuada, como todos los demás, sino que era jorobado y de extremidades torcidas, con una enorme cabeza ladeada y una melena de pelo negro. El Enanito frunció el ceño, y el monstruo también. Se rió, y éste se rió con él, y se llevó las manos a los costados, igual que hacía él mismo. Le hizo una reverencia burlona, y éste le devolvió una baja reverencia. Se dirigió hacia ello, y éste salió a su encuentro, copiando cada paso que daba, y deteniéndose cuando él mismo se detenía. Gritó divertido, y corrió hacia delante, y alargó la mano, y la mano del monstruo tocó la suya, y estaba tan fría como el hielo. Le entró miedo, y movió su mano hacia el otro lado, y la mano del monstruo la siguió rápidamente. Intentó seguir presionando, pero algo liso y duro se lo impidió. El rostro del monstruo estaba ahora cerca del suyo, y parecía lleno de terror. Se apartó el pelo de los ojos. Le imitó. Le golpeó y éste le devolvió golpe por golpe. Lo aborrecía, y éste le hacía muecas horribles. Él retrocedió, y éste retrocedió.

¿De qué se trata? Pensó un momento y miró alrededor, al resto de la habitación. Era extraño, pero todo parecía tener su doble en esta pared invisible de agua clara. Sí, cuadro por cuadro se repetía, y sofá por sofá. El Fauno dormido que yacía en la alcoba junto a la puerta tenía su her-

cove by the doorway had its twin brother that slumbered, and the silver Venus that stood in the sunlight held out her arms to a Venus as lovely as herself.

Was it Echo? He had called to her once in the valley, and she had answered him word for word. Could she mock the eye, as she mocked the voice? Could she make a mimic world just like the real world? Could the shadows of things have colour and life and movement? Could it be that--?

He started, and taking from his breast the beautiful white rose, he turned round, and kissed it. The monster had a rose of its own, petal for petal the same! It kissed it with like kisses, and pressed it to its heart with horrible gestures.

When the truth dawned upon him, he gave a wild cry of despair, and fell sobbing to the ground. So it was he who was misshapen and hunchbacked, foul to look at and grotesque. He himself was the monster, and it was at him that all the children had been laughing, and the little Princess who he had thought loved him--she too had been merely mocking at his ugliness, and making merry over his twisted limbs. Why had they not left him in the forest, where there was no mirror to tell him how loathsome he was? Why had his father not killed him, rather than sell him to his shame? The hot tears poured down his cheeks, and he tore the white rose to pieces. The sprawling monster did the same, and scattered the faint petals in the air. It grovelled on the ground, and, when he looked at it, it watched him with a face drawn with pain. He crept away, lest he should see it, and covered his eyes with his hands. He crawled, like some wounded thing, into the shadow, and lay there moaning.

And at that moment the Infanta herself came in with her companions through the open window, and when they saw the ugly little dwarf lying on the ground and beating the floor with his clenched hands, in the most fantastic and exaggerated manner, they went off into shouts of happy laughter, and stood all round him and watched him.

'His dancing was funny,' said the Infanta; 'but his acting is funnier still. Indeed he is almost as good as the puppets, only of course not

mano gemelo que dormitaba, y la Venus plateada que estaba de pie a la luz del sol tendía los brazos a una Venus tan encantadora como ella misma.

¿Era el Eco? Lo había llamado una vez en el valle, y él le había respondido palabra por palabra. ¿Podría él burlarse del ojo, como se burló de la voz? ¿Podría él hacer un mundo mímico igual que el mundo real? ¿Podrían las sombras de las cosas tener color y vida y movimiento? ¿Podría ser que...?

Se sobresaltó, y sacando de su pecho la hermosa rosa blanca, se dio la vuelta y la besó. El monstruo tenía una rosa propia, ¡pétalo por pétalo igual! La besó con besos semejantes, y la apretó contra su corazón con gestos horribles.

Cuando cayó en la cuenta de la verdad, él lanzó un grito salvaje de desesperación y cayó sollozando al suelo. Así que era él quien estaba deforme y era jorobado, de aspecto repugnante y grotesco. Él mismo era el monstruo, y era de él de quien todos los niños se habían estado riendo, y la Princesita que él había creído que le amaba... ella también se había limitado a burlarse de su fealdad y a alegrarse a causa de sus miembros retorcidos. ¿Por qué no lo habían dejado en el bosque, donde no había ningún espejo que le dijera lo repugnante que era? ¿Por qué su padre no lo había matado, en lugar de venderlo a su vergüenza? Las lágrimas calientes se derramaron por sus mejillas, y rompió la rosa blanca en pedazos. El monstruo desparramado hizo lo mismo y esparció los tenues pétalos por el aire. Se arrastró por el suelo y, cuando lo miró, lo observó con el rostro dibujado por el dolor. Se arrastró, para que no lo viera, y se cubrió los ojos con las manos. Se arrastró, como una cosa herida, hacia la sombra, y se quedó allí gimiendo.

Y en ese momento entró la Infanta en persona con sus acompañantes por la ventana abierta, y cuando vieron al feo enanito tendido en el suelo y golpeando el suelo con las manos apretadas, de la manera más fantástica y exagerada, prorrumpieron en gritos de risa alegre, y se quedaron de pie a su alrededor observándole.

«Su baile fue divertido,» dijo la Infanta; «pero su actuación es aún más divertida. De hecho, es casi tan bueno como las marionetas, sólo que,

quite so natural.' And she fluttered her big fan, and applauded.

But the little Dwarf never looked up, and his sobs grew fainter and fainter, and suddenly he gave a curious gasp, and clutched his side. And then he fell back again, and lay quite still.

'That is capital,' said the Infanta, after a pause; 'but now you must dance for me.'

'Yes,' cried all the children, 'you must get up and dance, for you are as clever as the Barbary apes, and much more ridiculous.' But the little Dwarf made no answer.

And the Infanta stamped her foot, and called out to her uncle, who was walking on the terrace with the Chamberlain, reading some despatches that had just arrived from Mexico, where the Holy Office had recently been established. 'My funny little dwarf is sulking,' she cried, 'you must wake him up, and tell him to dance for me.'

They smiled at each other, and sauntered in, and Don Pedro stooped down, and slapped the Dwarf on the cheek with his embroidered glove. 'You must dance,' he said, *petit monstre.* You must dance. The Infanta of Spain and the Indies wishes to be amused.'

But the little Dwarf never moved.

'A whipping master should be sent for,' said Don Pedro wearily, and he went back to the terrace. But the Chamberlain looked grave, and he knelt beside the little dwarf, and put his hand upon his heart. And after a few moments he shrugged his shoulders, and rose up, and having made a low bow to the Infanta, he said -

'Mi bella Princesa, your funny little dwarf will never dance again. It is a pity, for he is so ugly that he might have made the King smile.'

'But why will he not dance again?' asked the Infanta, laughing.

'Because his heart is broken,' answered the Chamberlain.

And the Infanta frowned, and her dainty rose-leaf lips curled in

por supuesto, no es tan natural». Y agitó su gran abanico y aplaudió.

Pero el Enanito no levantó la vista, y sus sollozos se hicieron cada vez más débiles, y de repente dio un curioso grito ahogado y se agarró el costado. Luego volvió a caer y se quedó inmóvil.

«Eso es capital», dijo la Infanta, tras una pausa; «pero ahora debes bailar para mí».

«Sí», gritaron todos los niños, «debes levantarte y bailar, porque eres tan listo como los monos de Berbería, y mucho más ridículo». Pero el Enanito no respondió.

Y la Infanta dio un pisotón y llamó a su tío, que paseaba por la terraza con el Chambelán, leyendo unos despachos que acababan de llegar de México, donde hacía poco se había establecido el Santo Oficio. «Mi gracioso enano está enfurruñado», gritó ella, «debes despertarlo, y decirle que baile para mí».

Se sonrieron y entraron, y Don Pedro se agachó y le dio una palmada en la mejilla al Enano con su guante bordado. «Debes bailar», dijo, *«petit monstre.* Debes bailar. La Infanta de España y de las Indias desea divertirse».

Pero el Enanito no se movió.

«Habría que mandar llamar a un maestro azotador», dijo Don Pedro con cansancio, y volvió a la terraza. Pero el Chambelán tenía el rostro grave, y se arrodilló junto al enanito, y le puso la mano en el corazón. Y al cabo de unos instantes se encogió de hombros, se levantó y, tras hacer una baja reverencia a la Infanta, dijo:

«Mi bella Princesa, su gracioso enanito no volverá a bailar. Es una lástima, pues es tan feo que podría haber hecho sonreír al Rey».

«¿Pero, por qué no volverá a bailar?», preguntó la Infanta, riendo.

«Porque tiene el corazón roto», respondió el Chambelán.

Y la Infanta frunció el ceño, y sus delicados labios de hoja de rosa se

pretty disdain. 'For the future let those who come to play with me have no hearts,' she cried, and she ran out into the garden.

curvaron con bonito desdén. «En el futuro, que los que vengan a jugar conmigo no tengan corazón», gritó ella, y salió corriendo al jardín.

The Fisherman and His Soul

Every evening the young Fisherman went out upon the sea, and threw his nets into the water.

When the wind blew from the land he caught nothing, or but little at best, for it was a bitter and black-winged wind, and rough waves rose up to meet it. But when the wind blew to the shore, the fish came in from the deep, and swam into the meshes of his nets, and he took them to the market-place and sold them.

Every evening he went out upon the sea, and one evening the net was so heavy that hardly could he draw it into the boat. And he laughed, and said to himself, 'Surely I have caught all the fish that swim, or snared some dull monster that will be a marvel to men, or some thing of horror that the great Queen will desire,' and putting forth all his strength, he tugged at the coarse ropes till, like lines of blue enamel round a vase of bronze, the long veins rose up on his arms. He tugged at the thin ropes, and nearer and nearer came the circle of flat corks, and the net rose at last to the top of the water.

But no fish at all was in it, nor any monster or thing of horror, but only a little Mermaid lying fast asleep.

Her hair was as a wet fleece of gold, and each separate hair as a thread of fine gold in a cup of glass. Her body was as white ivory, and her tail was of silver and pearl. Silver and pearl was her tail, and the green weeds of the sea coiled round it; and like sea-shells were her ears, and her lips were like sea-coral. The cold waves dashed over her cold breasts, and the salt glistened upon her eyelids.

So beautiful was she that when the young Fisherman saw her he was filled with wonder, and he put out his hand and drew the net close to him, and leaning over the side he clasped her in his arms. And when he touched her, she gave a cry like a startled sea-gull, and woke, and looked at him in terror with her mauve-amethyst eyes, and struggled that she might escape. But he held her tightly to him, and would not suffer her to depart.

El Pescador y su Alma

Todas las tardes, el joven Pescador salía al mar y echaba sus redes al agua.

Cuando el viento soplaba desde tierra no pescaba nada, o muy poco en el mejor de los casos, pues era un viento amargo y de alas negras, y las olas embravecidas se levantaban para hacerle frente. Pero cuando el viento soplaba hacia la orilla, los peces llegaban de las profundidades y nadaban en las mallas de sus redes, y él los llevaba al mercado y los vendía.

Todas las tardes salía al mar, y una noche la red pesaba tanto que apenas podía subirla a la barca. Se rió y se dijo: «Seguro que he pescado todos los peces que nadan, o atrapado algún monstruo aburrido que será una maravilla para los hombres, o alguna cosa de horror que la gran Reina deseará», y usando toda su fuerza, tiró de las toscas cuerdas hasta que, como líneas de esmalte azul alrededor de un jarrón de bronce, las largas venas se alzaron en sus brazos. Tiró de las cuerdas finas, y cada vez más cerca llegó el círculo de corchos planos, y la red se elevó por fin hasta la parte superior del agua.

Pero en ella no había ningún pez, ni ningún monstruo o cosa de horror, sino sólo una Sirenita que yacía profundamente dormida.

Su cabello era como un vellón húmedo de oro, y cada cabello por separado como un hilo de oro fino en una copa de cristal. Su cuerpo era como marfil blanco, y su cola era de plata y perla. Plata y perla era su cola, y las verdes hierbas del mar se enroscaban a su alrededor; y como conchas de mar eran sus orejas, y sus labios eran como corales marinos. Las frías olas golpeaban sus fríos pechos, y la sal brillaba sobre sus párpados.

Tan hermosa era que cuando el joven Pescador la vio se llenó de asombro, extendió la mano y se acercó la red, e inclinándose sobre la borda la estrechó entre sus brazos. Y cuando la tocó, ella lanzó un grito como el de una gaviota asustada, y se despertó, y le miró aterrorizada con sus ojos de color malva amatista, y forcejeó para poder escapar. Pero él la estrechó contra sí y no permitió que se marchara.

And when she saw that she could in no way escape from him, she began to weep, and said, 'I pray thee let me go, for I am the only daughter of a King, and my father is aged and alone.'

But the young Fisherman answered, 'I will not let thee go save thou makest me a promise that whenever I call thee, thou wilt come and sing to me, for the fish delight to listen to the song of the Sea-folk, and so shall my nets be full.'

'Wilt thou in very truth let me go, if I promise thee this?' cried the Mermaid.

'In very truth I will let thee go,' said the young Fisherman.

So she made him the promise he desired, and sware it by the oath of the Sea-folk. And he loosened his arms from about her, and she sank down into the water, trembling with a strange fear.

Every evening the young Fisherman went out upon the sea, and called to the Mermaid, and she rose out of the water and sang to him. Round and round her swam the dolphins, and the wild gulls wheeled above her head.

And she sang a marvellous song. For she sang of the Sea-folk who drive their flocks from cave to cave, and carry the little calves on their shoulders; of the Tritons who have long green beards, and hairy breasts, and blow through twisted conchs when the King passes by; of the palace of the King which is all of amber, with a roof of clear emerald, and a pavement of bright pearl; and of the gardens of the sea where the great filigrane fans of coral wave all day long, and the fish dart about like silver birds, and the anemones cling to the rocks, and the pinks bourgeon in the ribbed yellow sand. She sang of the big whales that come down from the north seas and have sharp icicles hanging to their fins; of the Sirens who tell of such wonderful things that the merchants have to stop their ears with wax lest they should hear them, and leap into the water and be drowned; of the sunken galleys with their tall masts, and the frozen sailors clinging to the rigging, and the mackerel swimming in and out of the open portholes; of the little barnacles who are great travellers, and cling to the keels of the ships and go round and round the world; and of the cuttlefish who

Al ver que no podía escapar de él de ninguna manera, se echó a llorar y dijo: «Te ruego que me dejes ir, pues soy la única hija de un rey y mi padre es anciano y está solo».

Pero el joven Pescador respondió: «No te dejaré marchar a menos que me hagas la promesa de que siempre que te llame vendrás a cantar para mí, pues a los peces les encanta escuchar el canto de la gente del mar, y así mis redes estarán llenas».

«¿En verdad me dejarás ir, si te prometo esto?», gritó la Sirena.

«En verdad te dejaré ir», dijo el joven Pescador.

Entonces ella le hizo la promesa que él deseaba, y se la juró con el juramento de la Gente del Mar. Y él aflojó sus brazos de alrededor de ella, y ella se hundió en el agua, temblando con un miedo extraño.

Todas las tardes, el joven Pescador salía al mar y llamaba a la Sirena, y ella salía del agua y le cantaba. A su alrededor nadaban los delfines, y las gaviotas salvajes giraban sobre su cabeza.

Y ella cantaba una canción maravillosa. Porque ella cantaba de la Gente del Mar que conduce sus rebaños de cueva en cueva, y lleva a los pequeños terneros sobre sus hombros; de los Tritones que tienen largas barbas verdes, y pechos peludos, y soplan a través de caracolas retorcidas cuando el Rey pasa; del palacio del Rey que es todo de ámbar, con un techo de esmeralda clara, y un pavimento de perla brillante; y de los jardines del mar donde los grandes abanicos de filigrana de coral ondean todo el día, y los peces se lanzan como pájaros de plata, y las anémonas se aferran a las rocas, y las rosas borbotean en la arena amarilla acanalada. Cantaba de las grandes ballenas que bajan de los mares del norte y tienen afilados carámbanos colgando de sus aletas; de las Sirenas que cuentan cosas tan maravillosas que los mercaderes tienen que taparse los oídos con cera para no oírlas, saltar al agua y ahogarse; de las galeras hundidas con sus altos mástiles, y de los marineros congelados que se aferran a las jarcias, y de las caballas que entran y salen nadando por los portillos abiertos; de los pequeños percebes que son grandes viajeros, y se aferran a las quillas de los barcos y dan vueltas y vueltas por

live in the sides of the cliffs and stretch out their long black arms, and can make night come when they will it. She sang of the nautilus who has a boat of her own that is carved out of an opal and steered with a silken sail; of the happy Mermen who play upon harps and can charm the great Kraken to sleep; of the little children who catch hold of the slippery porpoises and ride laughing upon their backs; of the Mermaids who lie in the white foam and hold out their arms to the mariners; and of the sea-lions with their curved tusks, and the sea-horses with their floating manes.

And as she sang, all the tunny-fish came in from the deep to listen to her, and the young Fisherman threw his nets round them and caught them, and others he took with a spear. And when his boat was well-laden, the Mermaid would sink down into the sea, smiling at him.

Yet would she never come near him that he might touch her. Oftentimes he called to her and prayed of her, but she would not; and when he sought to seize her she dived into the water as a seal might dive, nor did he see her again that day. And each day the sound of her voice became sweeter to his ears. So sweet was her voice that he forgot his nets and his cunning, and had no care of his craft. Vermilion-finned and with eyes of bossy gold, the tunnies went by in shoals, but he heeded them not. His spear lay by his side unused, and his baskets of plaited osier were empty. With lips parted, and eyes dim with wonder, he sat idle in his boat and listened, listening till the sea-mists crept round him, and the wandering moon stained his brown limbs with silver.

And one evening he called to her, and said: 'Little Mermaid, little Mermaid, I love thee. Take me for thy bridegroom, for I love thee.'

But the Mermaid shook her head. 'Thou hast a human soul,' she answered. 'If only thou wouldst send away thy soul, then could I love thee.'

And the young Fisherman said to himself, 'Of what use is my soul to me? I cannot see it. I may not touch it. I do not know it. Surely I will send it away from me, and much gladness shall be mine.' And a cry of joy broke from his lips, and standing up in the painted boat, he held

el mundo; y de las sepias que viven en los costados de los acantilados y extienden sus largos brazos negros, y pueden hacer que llegue la noche cuando ellas quieren. Habló de los nautilos que tienen su propio barco tallado en un ópalo y gobernado con una vela de seda; de los felices Tritones que tocan el arpa y pueden hacer dormir al gran Kraken; de los niños que se agarran a las resbaladizas marsopas y cabalgan riendo sobre sus lomos; de las Sirenas que yacen en la espuma blanca y tienden sus brazos a los marineros; y de los leones marinos con sus colmillos curvados y los caballos de mar con sus crines flotantes.

Y mientras cantaba, todos los atunes venían de las profundidades para escucharla, y el joven Pescador lanzaba sus redes alrededor de ellos y los atrapaba, y a otros los cogía con una lanza. Y cuando su barca estaba bien cargada, la Sirena se hundía en el mar, sonriéndole.

Sin embargo, ella nunca se acercaba a él para que pudiera tocarla. A menudo él la llamaba y le rogaba, pero ella no quería; y cuando él intentaba cogerla, ella se zambullía en el agua como se zambulle una foca, y aquel día no volvía a verla. Y cada día el sonido de la voz de ella se hacía más dulce a sus oídos. Tan dulce era su voz que él olvidó sus redes y su astucia, y no tuvo cuidado de su embarcación. De aletas bermellón y ojos de oro mandón, los atunes pasaban en bancos, pero él no les prestaba atención. Su lanza yacía a su lado sin usar, y sus cestas de mimbre trenzado estaban vacías. Con los labios entreabiertos y los ojos oscurecidos por el asombro, se sentó ocioso en su barca y escuchó, escuchó hasta que las brumas marinas se deslizaron a su alrededor y la luna errante tiñó de plata sus miembros morenos.

Y una noche la llamó y le dijo: «Sirenita, Sirenita, te amo. Tómame por tu novio, porque te amo».

Pero la Sirena sacudió la cabeza. «Tienes un alma humana», respondió ella. «Si tan sólo enviaras lejos tu alma, entonces yo podría amarte».

Y el joven Pescador se dijo: «¿De qué me sirve mi alma? No puedo verla. No puedo tocarla. No la conozco. Seguramente la enviaré lejos de mí, y mucha será mi alegría». Y un grito de alegría brotó de sus labios, y poniéndose de pie en la barca pintada, tendió los brazos a la Sirena.

out his arms to the Mermaid. 'I will send my soul away,' he cried, 'and you shall be my bride, and I will be thy bridegroom, and in the depth of the sea we will dwell together, and all that thou hast sung of thou shalt show me, and all that thou desirest I will do, nor shall our lives be divided.'

And the little Mermaid laughed for pleasure and hid her face in her hands.

'But how shall I send my soul from me?' cried the young Fisherman. 'Tell me how I may do it, and lo! it shall be done.'

'Alas! I know not,' said the little Mermaid: 'the Sea-folk have no souls.' And she sank down into the deep, looking wistfully at him.

Now early on the next morning, before the sun was the span of a man's hand above the hill, the young Fisherman went to the house of the Priest and knocked three times at the door.

The novice looked out through the wicket, and when he saw who it was, he drew back the latch and said to him, 'Enter.'

And the young Fisherman passed in, and knelt down on the sweet-smelling rushes of the floor, and cried to the Priest who was reading out of the Holy Book and said to him, 'Father, I am in love with one of the Sea-folk, and my soul hindereth me from having my desire. Tell me how I can send my soul away from me, for in truth I have no need of it. Of what value is my soul to me? I cannot see it. I may not touch it. I do not know it.'

And the Priest beat his breast, and answered, 'Alack, alack, thou art mad, or hast eaten of some poisonous herb, for the soul is the noblest part of man, and was given to us by God that we should nobly use it. There is no thing more precious than a human soul, nor any earthly thing that can be weighed with it. It is worth all the gold that is in the world, and is more precious than the rubies of the kings. Therefore, my son, think not any more of this matter, for it is a sin that may not be forgiven. And as for the Sea-folk, they are lost, and they who would traffic with them are lost also. They are as the beasts of the field that know not good from evil, and for them the Lord has not died.'

«Enviaré mi alma lejos», gritó, «y tú serás mi novia, y yo seré tu novio, y en la profundidad del mar moraremos juntos, y todo aquello de lo que has cantado me lo mostrarás, y todo lo que desees yo lo haré, y nuestras vidas no serán divididas».

Y la Sirenita rió de placer y escondió la cara entre las manos.

«¿Pero cómo enviaré mi alma lejos de mí?», gritó el joven Pescador. «Dime cómo puedo hacerlo, y ¡he aquí! se hará».

«¡Ay! No lo sé», dijo la Sirenita: «la Gente del Mar no tiene alma». Y se hundió en las profundidades, mirándolo con nostalgia.

A la mañana siguiente, temprano, antes de que el sol tuviera la envergadura de la mano de un hombre por encima de la colina, el joven Pescador fue a la casa del Sacerdote y llamó tres veces a la puerta.

El novicio miró a través de la verja y, cuando vio de quién se trataba, echó el pestillo hacia atrás y le dijo: «Entra».

Y el joven Pescador entró y se arrodilló sobre los juncos de olor dulce del suelo y gritó al sacerdote que leía en el Libro Sagrado y le dijo: «Padre, estoy enamorado de una de las Gentes del Mar y mi alma me impide tener mi deseo. Dime cómo puedo alejar mi alma de mí, pues en verdad no tengo necesidad de ella. ¿Qué valor tiene mi alma para mí? No puedo verla. No puedo tocarla. No la conozco».

El Sacerdote se golpeó el pecho y respondió: «¡Ay, ay! Estás loco o has comido alguna hierba venenosa, pues el alma es la parte más noble del hombre y nos fue dada por Dios para que la usáramos noblemente. No hay cosa más preciosa que un alma humana, ni cosa terrenal que pueda compararse en su peso. Vale todo el oro que hay en el mundo, y es más preciosa que los rubíes de los reyes. Por lo tanto, hijo mío, no pienses más en este asunto, pues es un pecado que no puede ser perdonado. Y en cuanto a la Gente del Mar, están perdidos, y los que quieren traficar con ella también. Ellos son como las bestias del campo que no distinguen el bien del mal, y por ellos no ha muerto el Señor».

The young Fisherman's eyes filled with tears when he heard the bitter words of the Priest, and he rose up from his knees and said to him, 'Father, the Fauns live in the forest and are glad, and on the rocks sit the Mermen with their harps of red gold. Let me be as they are, I beseech thee, for their days are as the days of flowers. And as for my soul, what doth my soul profit me, if it stand between me and the thing that I love?'

'The love of the body is vile,' cried the Priest, knitting his brows, 'and vile and evil are the pagan things God suffers to wander through His world. Accursed be the Fauns of the woodland, and accursed be the singers of the sea! I have heard them at night-time, and they have sought to lure me from my beads. They tap at the window, and laugh. They whisper into my ears the tale of their perilous joys. They tempt me with temptations, and when I would pray they make mouths at me. They are lost, I tell thee, they are lost. For them there is no heaven nor hell, and in neither shall they praise God's name.'

'Father,' cried the young Fisherman, 'thou knowest not what thou sayest. Once in my net I snared the daughter of a King. She is fairer than the morning star, and whiter than the moon. For her body I would give my soul, and for her love I would surrender heaven. Tell me what I ask of thee, and let me go in peace.'

'Away! Away!' cried the Priest: 'thy leman is lost, and thou shalt be lost with her.'

And he gave him no blessing, but drove him from his door.

And the young Fisherman went down into the market-place, and he walked slowly, and with bowed head, as one who is in sorrow.

And when the merchants saw him coming, they began to whisper to each other, and one of them came forth to meet him, and called him by name, and said to him, 'What hast thou to sell?'

'I will sell thee my soul,' he answered. 'I pray thee buy it of me, for I am weary of it. Of what use is my soul to me? I cannot see it. I may not touch it. I do not know it.'

Los ojos del joven Pescador se llenaron de lágrimas al oír las amargas palabras del Sacerdote, se levantó de sus rodillas y le dijo: «Padre, los Faunos viven en el bosque y están alegres, y sobre las rocas se sientan los Tritones con sus arpas de oro rojo. Déjame ser como ellos, te lo suplico, pues sus días son como los días de las flores. Y en cuanto a mi alma, ¿de qué me sirve si se interpone entre yo y lo que amo?».

«El amor al cuerpo es vil», gritó el Sacerdote, frunciendo las cejas, «y viles y malvadas son las cosas paganas que Dios permite que vaguen por Su mundo. ¡Malditos sean los Faunos del bosque, y malditos sean los cantores del mar! Los he oído por la noche, y han tratado de apartarme de las cuentas de mi Rosario. Golpean la ventana y se ríen. Susurran a mis oídos el cuento de sus peligrosas alegrías. Me tientan con tentaciones, y cuando quiero rezar me hacen muecas. Están perdidos, te digo, están perdidos. Para ellos no hay cielo ni infierno, y en ninguno alabarán el nombre de Dios».

«Padre», gritó el joven Pescador, «no sabes lo que dices. Una vez atrapé en mi red a la hija de un Rey. Es más bella que el lucero del alba y más blanca que la luna. Por su cuerpo daría mi alma, y por su amor entregaría el cielo. Dime lo que te pido y déjame ir en paz».

«¡Fuera! Fuera!», gritó el Sacerdote: «tu mujer se ha perdido, y tú te perderás con ella».

Y no le dio ninguna bendición, sino que lo echó de su puerta.

Y el joven Pescador bajó a la plaza del mercado, y caminaba despacio y con la cabeza inclinada, como quien está apenado.

Cuando los mercaderes le vieron llegar, empezaron a cuchichear entre ellos, y uno de ellos salió a su encuentro, le llamó por su nombre y le dijo: «¿Qué tienes para vender?».

«Te venderé mi alma», respondió él. «Te ruego que me la compres, pues estoy cansado de ella. ¿De qué me sirve mi alma? No puedo verla. No puedo tocarla. No la conozco».

But the merchants mocked at him, and said, 'Of what use is a man's soul to us? It is not worth a clipped piece of silver. Sell us thy body for a slave, and we will clothe thee in sea-purple, and put a ring upon thy finger, and make thee the minion of the great Queen. But talk not of the soul, for to us it is nought, nor has it any value for our service.'

And the young Fisherman said to himself: 'How strange a thing this is! The Priest telleth me that the soul is worth all the gold in the world, and the merchants say that it is not worth a clipped piece of silver.' And he passed out of the market-place, and went down to the shore of the sea, and began to ponder on what he should do.

And at noon he remembered how one of his companions, who was a gatherer of samphire, had told him of a certain young Witch who dwelt in a cave at the head of the bay and was very cunning in her witcheries. And he set to and ran, so eager was he to get rid of his soul, and a cloud of dust followed him as he sped round the sand of the shore. By the itching of her palm the young Witch knew his coming, and she laughed and let down her red hair. With her red hair falling around her, she stood at the opening of the cave, and in her hand she had a spray of wild hemlock that was blossoming.

'What d'ye lack? What d'ye lack?' she cried, as he came panting up the steep, and bent down before her. 'Fish for thy net, when the wind is foul? I have a little reed-pipe, and when I blow on it the mullet come sailing into the bay. But it has a price, pretty boy, it has a price. What d'ye lack? What d'ye lack? A storm to wreck the ships, and wash the chests of rich treasure ashore? I have more storms than the wind has, for I serve one who is stronger than the wind, and with a sieve and a pail of water I can send the great galleys to the bottom of the sea. But I have a price, pretty boy, I have a price. What d'ye lack? What d'ye lack? I know a flower that grows in the valley, none knows it but I. It has purple leaves, and a star in its heart, and its juice is as white as milk. Shouldst thou touch with this flower the hard lips of the Queen, she would follow thee all over the world. Out of the bed of the King she would rise, and over the whole world she would follow thee. And it has a price, pretty boy, it has a price. What d'ye lack? What d'ye lack? I can pound a toad in a mortar, and make broth of it, and stir the broth with a dead man's hand. Sprinkle it on thine enemy while he sleeps,

Pero los mercaderes se burlaron de él y dijeron: «¿De qué nos sirve el alma de un hombre? No vale ni una pieza de plata rota. Véndenos tu cuerpo como un esclavo y te vestiremos de púrpura marino, te pondremos un anillo en el dedo y te haremos siervo de la gran Reina. Pero no hables del alma, pues para nosotros no es nada, ni tiene valor alguno para nuestro servicio».

Y el joven Pescador se dijo: «¡Qué cosa tan extraña es ésta! El Sacerdote me dice que el alma vale todo el oro del mundo, y los mercaderes dicen que no vale ni una pieza de plata rota». Y él salió de la plaza del mercado, bajó a la orilla del mar y se puso a meditar sobre lo que debía hacer.

Y al mediodía recordó cómo uno de sus compañeros, que era recolector de hinojo marino, le había hablado de cierta joven Bruja que habitaba en una cueva en la cabecera de la bahía y era muy astuta en sus brujerías. Se puso en marcha y echó a correr, tan ansioso estaba por deshacerse de su alma, y una nube de polvo le siguió mientras corría por la arena de la orilla. Por el picor de su palma, la joven Bruja supo de su llegada, y se rió y soltó su roja cabellera. Con sus cabellos rojos cayendo a su alrededor, se paró en la entrada de la cueva, y en su mano tenía una rama de cicuta silvestre que estaba floreciendo.

«¿Qué te falta? ¿Qué te falta?», gritó ella, cuando él subió jadeante por la cuesta y se inclinó ante ella. «¿Peces para tu red, cuando el viento es fétido? Tengo una pequeña caña de pescar, y cuando soplo en ella los salmonetes llegan navegando a la bahía. Pero tiene un precio, bonito, tiene un precio. ¿Qué te falta? ¿Qué te falta? ¿Una tormenta que haga naufragar los barcos y arrastre a tierra los cofres de ricos tesoros? Yo tengo más tormentas que el viento, pues sirvo a uno que es más fuerte que el viento, y con un colador y un cubo de agua puedo enviar las grandes galeras al fondo del mar. Pero tengo un precio, bonito, tengo un precio. ¿Qué te falta? ¿Qué te falta? Conozco una flor que crece en el valle, nadie la conoce salvo yo. Tiene hojas púrpuras y una estrella en el corazón, y su jugo es blanco como la leche. Si tocaras con esta flor los duros labios de la Reina, ella te seguiría por todo el mundo. Del lecho del Rey se levantaría, y por todo el mundo te seguiría. Y tiene un precio, bonito, tiene un precio. ¿Qué te falta? ¿Qué te falta? Puedo machacar un sapo en un mortero, y hacer caldo con él, y remover el caldo con la mano de un muerto. Rocíalo sobre tu enemigo mientras duerme, y se convertirá en

and he will turn into a black viper, and his own mother will slay him. With a wheel I can draw the Moon from heaven, and in a crystal I can show thee Death. What d'ye lack? What d'ye lack? Tell me thy desire, and I will give it thee, and thou shalt pay me a price, pretty boy, thou shalt pay me a price.'

'My desire is but for a little thing,' said the young Fisherman, 'yet hath the Priest been wroth with me, and driven me forth. It is but for a little thing, and the merchants have mocked at me, and denied me. Therefore am I come to thee, though men call thee evil, and whatever be thy price I shall pay it.'

'What wouldst thou?' asked the Witch, coming near to him.

'I would send my soul away from me,' answered the young Fisherman.

The Witch grew pale, and shuddered, and hid her face in her blue mantle. 'Pretty boy, pretty boy,' she muttered, 'that is a terrible thing to do.'

He tossed his brown curls and laughed. 'My soul is nought to me,' he answered. 'I cannot see it. I may not touch it. I do not know it.'

'What wilt thou give me if I tell thee?' asked the Witch, looking down at him with her beautiful eyes.

'Five pieces of gold,' he said, 'and my nets, and the wattled house where I live, and the painted boat in which I sail. Only tell me how to get rid of my soul, and I will give thee all that I possess.'

She laughed mockingly at him, and struck him with the spray of hemlock. 'I can turn the autumn leaves into gold,' she answered, 'and I can weave the pale moonbeams into silver if I will it. He whom I serve is richer than all the kings of this world, and has their dominions.'

'What then shall I give thee,' he cried, 'if thy price be neither gold nor silver?'

una víbora negra, y su propia madre lo matará. Con una rueda puedo atraer a la Luna del cielo, y en un cristal puedo mostrarte a la Muerte. ¿Qué te falta? ¿Qué te falta? Dime tu deseo y te lo daré, y me pagarás un precio, bonito, me pagarás un precio».

«Mi deseo no es más que por una pequeña cosa», dijo el joven Pescador, «sin embargo, el Sacerdote se ha ensañado conmigo y me ha echado. No es más que por una pequeña cosa, y los mercaderes se han burlado de mí, y me han negado. Por eso he venido a ti, aunque los hombres te llamen malvada, y cualquiera que sea tu precio lo pagaré».

«¿Qué quieres?», preguntó la Bruja, acercándose a él.

«Enviar mi alma lejos de mí», respondió el joven Pescador.

La bruja palideció, se estremeció y ocultó el rostro en su manto azul. «Bonito, bonito», murmuró ella, «eso es algo terrible».

Él se sacudió los rizos castaños y se echó a reír. «Mi alma no es nada para mí», respondió. «No puedo verla. No puedo tocarla. No la conozco».

«¿Qué me darás si te lo digo?», preguntó la Bruja, mirándole con sus hermosos ojos.

«Cinco piezas de oro», dijo él, «y mis redes, y la casa almenada donde vivo, y la barca pintada en la que navego. Sólo dime cómo librarme de mi alma y te daré todo lo que poseo».

Ella se rió burlonamente de él y le golpeó con el rocío de cicuta. «Puedo convertir las hojas de otoño en oro», respondió, «y puedo tejer los pálidos rayos de luna en plata si lo deseo. Aquel a quien sirvo es más rico que todos los reyes de este mundo y posee sus dominios».

«¿Qué te daré entonces», gritó él, «si tu precio no es ni oro ni plata?».

The Witch stroked his hair with her thin white hand. 'Thou must dance with me, pretty boy,' she murmured, and she smiled at him as she spoke.

'Nought but that?' cried the young Fisherman in wonder and he rose to his feet.

'Nought but that,' she answered, and she smiled at him again.

'Then at sunset in some secret place we shall dance together,' he said, 'and after that we have danced thou shalt tell me the thing which I desire to know.'

She shook her head. 'When the moon is full, when the moon is full,' she muttered. Then she peered all round, and listened. A blue bird rose screaming from its nest and circled over the dunes, and three spotted birds rustled through the coarse grey grass and whistled to each other. There was no other sound save the sound of a wave fretting the smooth pebbles below. So she reached out her hand, and drew him near to her and put her dry lips close to his ear.

'To-night thou must come to the top of the mountain,' she whispered. 'It is a Sabbath, and He will be there.'

The young Fisherman started and looked at her, and she showed her white teeth and laughed. 'Who is He of whom thou speakest?' he asked.

'It matters not,' she answered. 'Go thou to-night, and stand under the branches of the hornbeam, and wait for my coming. If a black dog run towards thee, strike it with a rod of willow, and it will go away. If an owl speak to thee, make it no answer. When the moon is full I shall be with thee, and we will dance together on the grass.'

'But wilt thou swear to me to tell me how I may send my soul from me?' he made question.

She moved out into the sunlight, and through her red hair rippled the wind. 'By the hoofs of the goat I swear it,' she made answer.

La Bruja le acarició el pelo con su fina mano blanca. Debes bailar conmigo, bonito», murmuró ella, y le sonrió mientras hablaba.

«¿Nada más que eso?», gritó asombrado el joven Pescador y se puso en pie.

«Nada más que eso», respondió ella, y volvió a sonreírle.

«Entonces, al atardecer, en algún lugar secreto, bailaremos juntos», dijo él, «y después de que hayamos bailado me dirás lo que deseo saber».

Ella sacudió la cabeza. «Cuando haya luna llena, cuando haya luna llena», murmuró. Luego miró a su alrededor y escuchó. Un pájaro azul se levantó gritando de su nido y voló en círculos sobre las dunas, y tres pájaros moteados crujieron entre la áspera hierba gris y se silbaron entre sí. No había ningún otro sonido salvo el de una ola que agitaba los guijarros lisos de abajo. Entonces ella extendió la mano, lo acercó a ella y acercó sus labios secos a su oído.

«Esta noche debes venir a la cima de la montaña», susurró ella. «Es Sábado, y Él estará allí».

El joven Pescador se sobresaltó y la miró, y ella mostró sus blancos dientes y se echó a reír. «¿Quién es Aquel de quien hablas?», preguntó él.

«No importa», respondió ella. «Ve tú esta noche, y quédate bajo las ramas del carpe, y espera mi llegada. Si un perro negro corre hacia ti, golpéalo con una vara de sauce y se irá. Si un búho te habla, no le respondas. Cuando haya luna llena estaré contigo y bailaremos juntos sobre la hierba».

«Pero, ¿jurarías decirme cómo puedo alejar mi alma de mí?», preguntó él.

Ella salió a la luz del sol, y a través de su pelo rojo onduló el viento. «Por las pezuñas de la cabra, lo juro», respondió.

'Thou art the best of the witches,' cried the young Fisherman, 'and I will surely dance with thee to-night on the top of the mountain. I would indeed that thou hadst asked of me either gold or silver. But such as thy price is thou shalt have it, for it is but a little thing.' And he doffed his cap to her, and bent his head low, and ran back to the town filled with a great joy.

And the Witch watched him as he went, and when he had passed from her sight she entered her cave, and having taken a mirror from a box of carved cedarwood, she set it up on a frame, and burned vervain on lighted charcoal before it, and peered through the coils of the smoke. And after a time she clenched her hands in anger. 'He should have been mine,' she muttered, 'I am as fair as she is.'

And that evening, when the moon had risen, the young Fisherman climbed up to the top of the mountain, and stood under the branches of the hornbeam. Like a targe of polished metal the round sea lay at his feet, and the shadows of the fishing-boats moved in the little bay. A great owl, with yellow sulphurous eyes, called to him by his name, but he made it no answer. A black dog ran towards him and snarled. He struck it with a rod of willow, and it went away whining.

At midnight the witches came flying through the air like bats. 'Phew!' they cried, as they lit upon the ground, 'there is some one here we know not!' and they sniffed about, and chattered to each other, and made signs. Last of all came the young Witch, with her red hair streaming in the wind. She wore a dress of gold tissue embroidered with peacocks' eyes, and a little cap of green velvet was on her head.

'Where is he, where is he?' shrieked the witches when they saw her, but she only laughed, and ran to the hornbeam, and taking the Fisherman by the hand she led him out into the moonlight and began to dance.

Round and round they whirled, and the young Witch jumped so high that he could see the scarlet heels of her shoes. Then right across the dancers came the sound of the galloping of a horse, but no horse was to be seen, and he felt afraid.

«Tú eres la mejor de las brujas», gritó el joven Pescador, «y sin duda bailaré contigo esta noche en la cima de la montaña. Ojalá me hubieras pedido oro o plata. Pero tal como es tu precio lo tendrás, pues no es más que una pequeña cosa». Y él se quitó la gorra ante ella, agachó la cabeza y corrió de vuelta al pueblo lleno de una gran alegría.

Y la Bruja lo observó mientras se iba, y cuando hubo desaparecido de su vista entró en su cueva, y habiendo sacado un espejo de una caja de madera de cedro tallada, lo colocó sobre un marco, y quemó verbena sobre carbón encendido ante él, y miró a través de las espirales del humo. Y al cabo de un rato apretó las manos con rabia. «Debería haber sido mío», murmuró, «soy tan bella como ella».

Y aquella tarde, cuando la luna había salido, el joven Pescador subió a la cima de la montaña y se quedó bajo las ramas del carpe. Como una tarja de metal pulido, el mar redondo yacía a sus pies, y las sombras de los barcos pesqueros se movían en la pequeña bahía. Un gran búho, de ojos amarillos sulfurosos, le llamó por su nombre, pero él no le respondió. Un perro negro corrió hacia él y gruñó. Lo golpeó con una vara de sauce y se alejó gimoteando.

A medianoche las brujas vinieron volando por el aire como murciélagos. «¡Uf!», gritaron, mientras se posaban en el suelo, «¡hay alguien aquí a quien no conocemos!», y husmearon, parlotearon entre ellas e hicieron señas. La última de todas fue la joven Bruja, con su pelo rojo ondeando al viento. Llevaba un vestido de tisú dorado bordado con ojos de pavo real, y en la cabeza un gorrito de terciopelo verde.

«¿Dónde está, dónde está?», chillaron las brujas cuando la vieron, pero ella sólo se rió, corrió hacia el carpe y, cogiendo al Pescador de la mano, lo sacó a la luz de la luna y se puso a bailar.

Dieron vueltas y vueltas, y la joven Bruja saltó tan alto que él pudo ver los tacones escarlata de sus zapatos. Entonces, al otro lado de las bailarinas llegó el sonido del galope de un caballo, pero no se veía ningún caballo, y él sintió miedo.

'Faster,' cried the Witch, and she threw her arms about his neck, and her breath was hot upon his face. 'Faster, faster!' she cried, and the earth seemed to spin beneath his feet, and his brain grew troubled, and a great terror fell on him, as of some evil thing that was watching him, and at last he became aware that under the shadow of a rock there was a figure that had not been there before.

It was a man dressed in a suit of black velvet, cut in the Spanish fashion. His face was strangely pale, but his lips were like a proud red flower. He seemed weary, and was leaning back toying in a listless manner with the pommel of his dagger. On the grass beside him lay a plumed hat, and a pair of riding-gloves gauntleted with gilt lace, and sewn with seed-pearls wrought into a curious device. A short cloak lined with sables hang from his shoulder, and his delicate white hands were gemmed with rings. Heavy eyelids drooped over his eyes.

The young Fisherman watched him, as one snared in a spell. At last their eyes met, and wherever he danced it seemed to him that the eyes of the man were upon him. He heard the Witch laugh, and caught her by the waist, and whirled her madly round and round.

Suddenly a dog bayed in the wood, and the dancers stopped, and going up two by two, knelt down, and kissed the man's hands. As they did so, a little smile touched his proud lips, as a bird's wing touches the water and makes it laugh. But there was disdain in it. He kept looking at the young Fisherman.

'Come! let us worship,' whispered the Witch, and she led him up, and a great desire to do as she besought him seized on him, and he followed her. But when he came close, and without knowing why he did it, he made on his breast the sign of the Cross, and called upon the holy name.

No sooner had he done so than the witches screamed like hawks and flew away, and the pallid face that had been watching him twitched with a spasm of pain. The man went over to a little wood, and whistled. A jennet with silver trappings came running to meet him. As he leapt upon the saddle he turned round, and looked at the young Fisherman sadly.

«¡Más rápido!», gritó la Bruja, y le echó los brazos al cuello, y su aliento caliente le dio en la cara. «¡Más rápido, más rápido!», gritó ella, y la tierra pareció girar bajo sus pies, y su cerebro se perturbó, y un gran terror se apoderó de él, como si alguna cosa maligna le observara, y al fin se dio cuenta de que bajo la sombra de una roca había una figura que no había estado allí antes.

Era un hombre vestido con un traje de terciopelo negro, cortado a la moda española. Su rostro estaba extrañamente pálido, pero sus labios eran como una orgullosa flor roja. Parecía cansado, y estaba reclinado hacia atrás jugueteando de forma lánguida con el pomo de su daga. Sobre la hierba, a su lado, yacían un sombrero emplumado y un par de guantes de montar con guanteletes de encaje dorado y cosidos con perlas de cultivo formando un curioso dibujo. Una capa corta forrada de martas colgaba de su hombro, y sus delicadas manos blancas estaban engastadas con anillos. Unos pesados párpados caían sobre sus ojos.

El joven Pescador le observaba, como quien queda atrapado en un hechizo. Por fin sus miradas se encontraron, y donde sea que bailara le parecía que los ojos del hombre estaban sobre él. Oyó reír a la Bruja, la agarró por la cintura y la hizo girar enloquecidamente.

De repente, un perro aulló en el bosque y los bailarines se detuvieron y, subiendo de dos en dos, se arrodillaron y besaron las manos del hombre. Mientras lo hacían, una pequeña sonrisa tocó sus orgullosos labios, como el ala de un pájaro toca el agua y la hace reír. Pero había desdén en ella. No dejaba de mirar al joven Pescador.

«¡Ven! adoremos», susurró la Bruja, y lo condujo hacia arriba, y un gran deseo de hacer lo que ella le pedía se apoderó de él, y la siguió. Pero cuando estuvo cerca, y sin saber por qué lo hacía, se hizo en el pecho la señal de la Cruz, e invocó el santo nombre.

Apenas lo hubo hecho, las brujas gritaron como halcones y echaron a volar, y el rostro pálido que le había estado observando se crispó con un espasmo de dolor. El hombre se acercó a un pequeño bosque y silbó. Un caballo Genet d'Espagne con adornos plateados salió corriendo a su encuentro. Mientras saltaba sobre la silla de montar, se dio la vuelta y miró con tristeza al joven Pescador.

And the Witch with the red hair tried to fly away also, but the Fisherman caught her by her wrists, and held her fast.

'Loose me,' she cried, 'and let me go. For thou hast named what should not be named, and shown the sign that may not be looked at.'

'Nay,' he answered, 'but I will not let thee go till thou hast told me the secret.'

'What secret?' said the Witch, wrestling with him like a wild cat, and biting her foam-flecked lips.

'Thou knowest,' he made answer.

Her grass-green eyes grew dim with tears, and she said to the Fisherman, 'Ask me anything but that!'

He laughed, and held her all the more tightly.

And when she saw that she could not free herself, she whispered to him, 'Surely I am as fair as the daughters of the sea, and as comely as those that dwell in the blue waters,' and she fawned on him and put her face close to his.

But he thrust her back frowning, and said to her, 'If thou keepest not the promise that thou madest to me I will slay thee for a false witch.'

She grew grey as a blossom of the Judas tree, and shuddered. 'Be it so,' she muttered. 'It is thy soul and not mine. Do with it as thou wilt.' And she took from her girdle a little knife that had a handle of green viper's skin, and gave it to him.

'What shall this serve me?' he asked of her, wondering.

She was silent for a few moments, and a look of terror came over her face. Then she brushed her hair back from her forehead, and smiling strangely she said to him, 'What men call the shadow of the body is not the shadow of the body, but is the body of the soul. Stand on the sea-shore with thy back to the moon, and cut away from

Y la Bruja pelirroja intentó salir volando también, pero el Pescador la agarró por las muñecas y la retuvo.

«Suéltame», gritó ella, «y déjame ir. Porque has nombrado lo que no debe ser nombrado, y has mostrado el signo que no debe ser mirado».

«No», respondió él, «no te dejaré marchar hasta que me hayas contado el secreto».

«¿Qué secreto?», dijo la Bruja, forcejeando con él como un gato salvaje y mordiéndose los labios salpicados de espuma.

«Tú lo sabes», respondió él.

Sus ojos verdes como la hierba se oscurecieron por las lágrimas y le dijo al Pescador: «¡Pídeme cualquier cosa menos eso!».

Él se rió y la abrazó con más fuerza.

Y cuando vio que no podía liberarse, le susurró: «Ciertamente soy tan bella como las hijas del mar y tan hermosa como las que habitan en las aguas azules», y lo aduló y acercó su rostro al suyo.

Pero él la empujó hacia atrás frunciendo el ceño y le dijo: «Si no cumples la promesa que me hiciste, te mataré por falsa bruja».

Ella se puso gris como una flor del árbol de Judas y se estremeció. «Que así sea», murmuró ella. «Es tu alma y no la mía. Haz con ella lo que quieras». Y sacó de su faja un pequeño cuchillo que tenía un mango de piel de víbora verde y se lo dio.

«¿De qué me servirá esto?», le preguntó él, maravillado.

Ella permaneció en silencio unos instantes y una expresión de terror se dibujó en su rostro. Luego se apartó el pelo de la frente y, sonriendo extrañamente, le dijo: «Lo que los hombres llaman la sombra del cuerpo no es la sombra del cuerpo, sino que es el cuerpo del alma. Párate en la orilla del mar de espaldas a la luna y corta alrededor de tus pies tu som-

around thy feet thy shadow, which is thy soul's body, and bid thy soul leave thee, and it will do so.'

The young Fisherman trembled. 'Is this true?' he murmured.

'It is true, and I would that I had not told thee of it,' she cried, and she clung to his knees weeping.

He put her from him and left her in the rank grass, and going to the edge of the mountain he placed the knife in his belt and began to climb down.

And his Soul that was within him called out to him and said, 'Lo! I have dwelt with thee for all these years, and have been thy servant. Send me not away from thee now, for what evil have I done thee?'

And the young Fisherman laughed. 'Thou hast done me no evil, but I have no need of thee,' he answered. 'The world is wide, and there is Heaven also, and Hell, and that dim twilight house that lies between. Go wherever thou wilt, but trouble me not, for my love is calling to me.'

And his Soul besought him piteously, but he heeded it not, but leapt from crag to crag, being sure-footed as a wild goat, and at last he reached the level ground and the yellow shore of the sea.

Bronze-limbed and well-knit, like a statue wrought by a Grecian, he stood on the sand with his back to the moon, and out of the foam came white arms that beckoned to him, and out of the waves rose dim forms that did him homage. Before him lay his shadow, which was the body of his soul, and behind him hung the moon in the honey-coloured air.

And his Soul said to him, 'If indeed thou must drive me from thee, send me not forth without a heart. The world is cruel, give me thy heart to take with me.'

He tossed his head and smiled. 'With what should I love my love if I gave thee my heart?' he cried.

bra, que es el cuerpo de tu alma, y ordénale a tu alma que te abandone, y así lo hará».

El joven Pescador temblaba. «¿Es eso cierto?», murmuró él.

«Es cierto, y ojalá no te lo hubiera contado», gritó ella, y se aferró a sus rodillas llorando.

Él la apartó y la dejó en la hierba rala y dirigiéndose al borde de la montaña se colocó el cuchillo en el cinturón y comenzó a descender.

Y su Alma que estaba dentro de él lo llamó y le dijo: «¡He aquí que he morado contigo todos estos años y he sido tu sierva! No me alejes ahora de ti, pues ¿qué mal te he hecho?».

Y el joven Pescador se rió. «No me has hecho ningún mal, pero no te necesito», respondió él. «El mundo es ancho, y también está el Cielo, y el Infierno, y esa tenue casa crepuscular que hay entre ambos. Ve adonde quieras, pero no me molestes, pues mi amor me llama».

Y su Alma le suplicó lastimosamente, pero él no le hizo caso, sino que saltó de peñasco en peñasco, con pies seguros como una cabra salvaje, y al fin llegó a la tierra llana y a la orilla amarilla del mar.

Bronceado y bien ceñido, como una estatua forjada por un griego, estaba de pie sobre la arena de espaldas a la luna, y de la espuma surgían brazos blancos que le hacían señas, y de las olas surgían formas tenues que le rendían homenaje. Delante de él estaba su sombra, que era el cuerpo de su alma, y detrás de él colgaba la luna en el aire, color miel.

Y su Alma le dijo: «Si en verdad debes alejarme de ti, no me envíes sin corazón. El mundo es cruel, dame tu corazón para que lo lleve conmigo».

Él sacudió la cabeza y sonrió. «¿Con qué debería amar a mi amor si te diera mi corazón?», gritó él.

'Nay, but be merciful,' said his Soul: 'give me thy heart, for the world is very cruel, and I am afraid.'

'My heart is my love's,' he answered, 'therefore tarry not, but get thee gone.'

'Should I not love also?' asked his Soul.

'Get thee gone, for I have no need of thee,' cried the young Fisherman, and he took the little knife with its handle of green viper's skin, and cut away his shadow from around his feet, and it rose up and stood before him, and looked at him, and it was even as himself.

He crept back, and thrust the knife into his belt, and a feeling of awe came over him. 'Get thee gone,' he murmured, 'and let me see thy face no more.'

'Nay, but we must meet again,' said the Soul. Its voice was low and flute-like, and its lips hardly moved while it spake.

'How shall we meet?' cried the young Fisherman. 'Thou wilt not follow me into the depths of the sea?'

'Once every year I will come to this place, and call to thee,' said the Soul. 'It may be that thou wilt have need of me.'

'What need should I have of thee?' cried the young Fisherman, 'but be it as thou wilt,' and he plunged into the waters and the Tritons blew their horns and the little Mermaid rose up to meet him, and put her arms around his neck and kissed him on the mouth.

And the Soul stood on the lonely beach and watched them. And when they had sunk down into the sea, it went weeping away over the marshes.

And after a year was over the Soul came down to the shore of the sea and called to the young Fisherman, and he rose out of the deep, and said, 'Why dost thou call to me?'

And the Soul answered, 'Come nearer, that I may speak with thee,

«No, pero ten piedad», dijo su Alma: «dame tu corazón, porque el mundo es muy cruel y tengo miedo».

«Mi corazón es de mi amor», respondió él, «por lo tanto no te quedes, sino vete».

«¿No debería amar yo también?», preguntó su Alma.

«Vete, pues no te necesito», gritó el joven Pescador, y cogió el pequeño cuchillo con el mango de piel de víbora verde y cortó la sombra que le rodeaba los pies, y ésta se levantó y se puso delante de él y le miró, y era igual a él.

Él retrocedió sigilosamente y se introdujo el cuchillo en el cinturón, y un sentimiento de temor se apoderó de él. «Vete», murmuró, «y no me dejes ver más tu rostro».

«No, debemos encontrarnos de nuevo», dijo el Alma. Su voz era grave y aflautada, y sus labios apenas se movían mientras hablaba.

«¿Cómo nos encontraremos?», gritó el joven Pescador. «¿No me seguirás a las profundidades del mar?».

«Una vez al año vendré a este lugar y te llamaré», dijo el Alma. «Puede ser que tengas necesidad de mí».

«¿Qué necesidad tengo de ti?», gritó el joven Pescador, «pero haz lo que quieras», y se zambulló en las aguas y los Tritones hicieron sonar sus cuernos y la Sirenita se levantó a su encuentro, le echó los brazos al cuello y le besó en la boca.

Y el Alma se quedó en la playa solitaria y los observó. Y cuando se hubieron hundido en el mar, se alejó llorando por las marismas.

Al cabo de un año, el Alma bajó a la orilla del mar y llamó al joven Pescador, que se levantó de las profundidades y le dijo: «¿Por qué me llamas?».

Y el Alma respondió: «Acércate para que pueda hablar contigo, por-

for I have seen marvellous things.'

So he came nearer, and couched in the shallow water, and leaned his head upon his hand and listened.

And the Soul said to him, 'When I left thee I turned my face to the East and journeyed. From the East cometh everything that is wise. Six days I journeyed, and on the morning of the seventh day I came to a hill that is in the country of the Tartars. I sat down under the shade of a tamarisk tree to shelter myself from the sun. The land was dry and burnt up with the heat. The people went to and fro over the plain like flies crawling upon a disk of polished copper.

'When it was noon a cloud of red dust rose up from the flat rim of the land. When the Tartars saw it, they strung their painted bows, and having leapt upon their little horses they galloped to meet it. The women fled screaming to the waggons, and hid themselves behind the felt curtains.

'At twilight the Tartars returned, but five of them were missing, and of those that came back not a few had been wounded. They harnessed their horses to the waggons and drove hastily away. Three jackals came out of a cave and peered after them. Then they sniffed up the air with their nostrils, and trotted off in the opposite direction.

'When the moon rose I saw a camp-fire burning on the plain, and went towards it. A company of merchants were seated round it on carpets. Their camels were picketed behind them, and the negroes who were their servants were pitching tents of tanned skin upon the sand, and making a high wall of the prickly pear.

'As I came near them, the chief of the merchants rose up and drew his sword, and asked me my business.

'I answered that I was a Prince in my own land, and that I had escaped from the Tartars, who had sought to make me their slave. The chief smiled, and showed me five heads fixed upon long reeds of bamboo.

'Then he asked me who was the prophet of God, and I answered

que he visto cosas maravillosas».

Así que él se acercó y se tumbó en el agua poco profunda, apoyó la cabeza en la mano y escuchó.

Y el Alma le dijo: «Cuando te dejé volví mi rostro hacia el Este y viajé. Del Este viene todo lo que es sabio. Seis días viajé y en la mañana del séptimo día llegué a una colina que está en el país de los tártaros. Me senté a la sombra de un tamarisco para refugiarme del sol. La tierra estaba seca y abrasada por el calor. La gente iba y venía por la llanura como moscas que se arrastran sobre un disco de cobre pulido.

«Cuando era mediodía, una nube de polvo rojo se elevó desde el borde llano de la tierra. Cuando los tártaros la vieron, enarbolaron sus arcos pintados y, tras saltar sobre sus pequeños caballos, galoparon a su encuentro. Las mujeres huyeron gritando hacia los carromatos y se escondieron tras las cortinas de fieltro.

«Al anochecer regresaron los tártaros, pero faltaban cinco de ellos, y de los que volvieron no pocos habían sido heridos. Enjaezaron sus caballos a los carros y se alejaron apresuradamente. Tres chacales salieron de una cueva y se asomaron tras ellos. Luego olfatearon el aire con sus fosas nasales y salieron trotando en dirección opuesta.

«Cuando salió la luna vi una hoguera ardiendo en la llanura y me dirigí hacia ella. Una compañía de mercaderes estaba sentada a su alrededor sobre alfombras. Sus camellos estaban en piquetes detrás de ellos, y los negros, que eran sus sirvientes, estaban levantando tiendas de piel curtida sobre la arena, y haciendo un alto muro de opuntia.

«Cuando me acerqué a ellos, el jefe de los mercaderes se levantó, desenvainó su espada y me preguntó por mis asuntos.

«Le contesté que era un Príncipe en mi propia tierra y que había escapado de los tártaros, que habían intentado convertirme en su esclavo. El jefe sonrió y me mostró cinco cabezas sujetas sobre largas cañas de bambú.

«Entonces me preguntó quién era el profeta de Dios y le respondí que

him Mohammed.

'When he heard the name of the false prophet, he bowed and took me by the hand, and placed me by his side. A negro brought me some mare's milk in a wooden dish, and a piece of lamb's flesh roasted. 'At daybreak we started on our journey. I rode on a red-haired camel by the side of the chief, and a runner ran before us carrying a spear. The men of war were on either hand, and the mules followed with the merchandise. There were forty camels in the caravan, and the mules were twice forty in number.

'We went from the country of the Tartars into the country of those who curse the Moon. We saw the Gryphons guarding their gold on the white rocks, and the scaled Dragons sleeping in their caves. As we passed over the mountains we held our breath lest the snows might fall on us, and each man tied a veil of gauze before his eyes. As we passed through the valleys the Pygmies shot arrows at us from the hollows of the trees, and at night-time we heard the wild men beating on their drums. When we came to the Tower of Apes we set fruits before them, and they did not harm us. When we came to the Tower of Serpents we gave them warm milk in bowls of brass, and they let us go by. Three times in our journey we came to the banks of the Oxus. We crossed it on rafts of wood with great bladders of blown hide. The river-horses raged against us and sought to slay us. When the camels saw them they trembled.

'The kings of each city levied tolls on us, but would not suffer us to enter their gates. They threw us bread over the walls, little maize-cakes baked in honey and cakes of fine flour filled with dates. For every hundred baskets we gave them a bead of amber.

'When the dwellers in the villages saw us coming, they poisoned the wells and fled to the hill-summits. We fought with the Magadae who are born old, and grow younger and younger every year, and die when they are little children; and with the Laktroi who say that they are the sons of tigers, and paint themselves yellow and black; and with the Aurantes who bury their dead on the tops of trees, and themselves live in dark caverns lest the Sun, who is their god, should slay them; and with the Krimnians who worship a crocodile, and give it earrings of green glass, and feed it with butter and fresh fowls; and

Mahoma.

«Cuando oyó el nombre del falso profeta, se inclinó, me tomó de la mano y me colocó a su lado. Un negro me trajo leche de yegua en un plato de madera, y un trozo de carne de cordero asada. Al amanecer emprendimos nuestro viaje. Yo cabalgaba en un camello pelirrojo al lado del jefe, y un corredor corría delante de nosotros llevando una lanza. Los hombres de guerra iban a cada lado, y las mulas nos seguían con la mercancía. Había cuarenta camellos en la caravana y las mulas eran el doble de cuarenta.

«Pasamos del país de los tártaros al país de los que maldicen la Luna. Vimos a los Grifos guardando su oro en las rocas blancas, y a los Dragones escamosos durmiendo en sus cuevas. Al pasar sobre las montañas contuvimos la respiración por si las nieves caían sobre nosotros, y cada hombre se ató un velo de gasa ante los ojos. Mientras atravesábamos los valles, los Pigmeos nos disparaban flechas desde los huecos de los árboles, y por la noche oíamos a los salvajes tocar sus tambores. Cuando llegamos a la Torre de los Monos les pusimos frutas delante, y no nos hicieron daño. Cuando llegamos a la Torre de las Serpientes les dimos leche caliente en cuencos de bronce, y nos dejaron pasar. Tres veces en nuestro viaje llegamos a orillas del Oxus. Lo cruzamos en balsas de madera con grandes vejigas de piel soplada. Los caballos del río se ensañaron con nosotros y trataron de matarnos. Cuando los camellos los vieron temblaron.

«Los reyes de cada ciudad nos cobraban peaje, pero no nos permitían entrar por sus puertas. Nos arrojaban pan por encima de las murallas, pequeñas tortas de maíz cocidas en miel y tortas de harina fina rellenas de dátiles. Por cada cien cestas les dimos una cuenta de ámbar.

«Cuando los habitantes de las aldeas nos vieron llegar, envenenaron los pozos y huyeron a las cumbres de las colinas. Luchamos con los *magadíes* que nacen viejos, y cada año son más jóvenes, y mueren cuando son niños pequeños; y con los *laktroi* que dicen que son hijos de tigres, y se pintan de amarillo y negro; y con los *aurantes* que entierran a sus muertos en las copas de los árboles, y ellos mismos viven en oscuras cavernas no sea que el Sol, que es su dios, los mate; y con los *krimnians* que adoran a un cocodrilo, y le dan pendientes de cristal verde, y lo alimentan con mantequilla y aves frescas; y con los *agazonbaes*, que tienen

with the Agazonbae, who are dog-faced; and with the Sibans, who have horses' feet, and run more swiftly than horses. A third of our company died in battle, and a third died of want. The rest murmured against me, and said that I had brought them an evil fortune. I took a horned adder from beneath a stone and let it sting me. When they saw that I did not sicken they grew afraid.

'In the fourth month we reached the city of Illel. It was night- time when we came to the grove that is outside the walls, and the air was sultry, for the Moon was travelling in Scorpion. We took the ripe pomegranates from the trees, and brake them, and drank their sweet juices. Then we lay down on our carpets, and waited for the dawn.

'And at dawn we rose and knocked at the gate of the city. It was wrought out of red bronze, and carved with sea-dragons and dragons that have wings. The guards looked down from the battlements and asked us our business. The interpreter of the caravan answered that we had come from the island of Syria with much merchandise. They took hostages, and told us that they would open the gate to us at noon, and bade us tarry till then.

'When it was noon they opened the gate, and as we entered in the people came crowding out of the houses to look at us, and a crier went round the city crying through a shell. We stood in the market-place, and the negroes uncorded the bales of figured cloths and opened the carved chests of sycamore. And when they had ended their task, the merchants set forth their strange wares, the waxed linen from Egypt and the painted linen from the country of the Ethiops, the purple sponges from Tyre and the blue hangings from Sidon, the cups of cold amber and the fine vessels of glass and the curious vessels of burnt clay. From the roof of a house a company of women watched us. One of them wore a mask of gilded leather.

'And on the first day the priests came and bartered with us, and on the second day came the nobles, and on the third day came the craftsmen and the slaves. And this is their custom with all merchants as long as they tarry in the city.

'And we tarried for a moon, and when the moon was waning, I wea- ried and wandered away through the streets of the city and came to

cara de perro; y con los *sibans*, que tienen patas de caballo, y corren más rápido que los caballos. Un tercio de nuestra compañía murió en la batalla, y otro tercio murió de necesidad. El resto murmuró contra mí y dijo que les había traído mala fortuna. Cogí una víbora cornuda de debajo de una piedra y dejé que me picara. Cuando vieron que no enfermaba, se asustaron.

«En el cuarto mes llegamos a la ciudad de Illel. Era de noche cuando llegamos al bosquecillo que hay fuera de las murallas, y el aire era bochornoso, pues la Luna viajaba en Escorpión. Cogimos las granadas maduras de los árboles, las rompimos y bebimos sus dulces jugos. Luego nos tumbamos sobre nuestras alfombras y esperamos el amanecer.

«Y al amanecer nos levantamos y llamamos a la puerta de la ciudad. Era de bronce rojo y estaba tallada con dragones marinos y dragones con alas. Los guardias nos miraron desde las almenas y nos preguntaron nuestros asuntos. El intérprete de la caravana respondió que veníamos de la isla de Siria con muchas mercancías. Tomaron rehenes y nos dijeron que nos abrirían la puerta a mediodía, y nos rogaron que nos quedáramos hasta entonces.

«Cuando llegó el mediodía abrieron la puerta, y al entrar la gente salió en tropel de las casas para mirarnos, y un pregonero recorrió la ciudad gritando a través de una concha. Nos plantamos en la plaza del mercado, y los negros descordaron los fardos de telas con figuras y abrieron los cofres tallados de sicomoro. Y cuando hubieron terminado su tarea, los mercaderes expusieron sus extrañas mercancías, el lino encerado de Egipto y el lino pintado del país de los etíopes, las esponjas púrpuras de Tiro y las colgaduras azules de Sidón, las copas de ámbar frío y los finos vasos de cristal y las curiosas vasijas de arcilla quemada. Desde el tejado de una casa nos observaba una compañía de mujeres. Una de ellas llevaba una máscara de cuero dorado.

«Y el primer día vinieron los sacerdotes y trocaron con nosotros, y el segundo día vinieron los nobles, y el tercero vinieron los artesanos y los esclavos. Y ésta es su costumbre con todos los mercaderes mientras permanecen en la ciudad.

«Y nos quedamos una luna, y cuando la luna estaba menguando, me cansé y deambulé por las calles de la ciudad y llegué al jardín de su dios.

the garden of its god. The priests in their yellow robes moved silently through the green trees, and on a pavement of black marble stood the rose-red house in which the god had his dwelling. Its doors were of powdered lacquer, and bulls and peacocks were wrought on them in raised and polished gold. The tilted roof was of sea-green porcelain, and the jutting eaves were festooned with little bells. When the white doves flew past, they struck the bells with their wings and made them tinkle.

'In front of the temple was a pool of clear water paved with veined onyx. I lay down beside it, and with my pale fingers I touched the broad leaves. One of the priests came towards me and stood behind me. He had sandals on his feet, one of soft serpent-skin and the other of birds' plumage. On his head was a mitre of black felt decorated with silver crescents. Seven yellows were woven into his robe, and his frizzed hair was stained with antimony.

'After a little while he spake to me, and asked me my desire.

'I told him that my desire was to see the god.

'"The god is hunting," said the priest, looking strangely at me with his small slanting eyes.

'"Tell me in what forest, and I will ride with him," I answered.

'He combed out the soft fringes of his tunic with his long pointed nails. "The god is asleep," he murmured.

'"Tell me on what couch, and I will watch by him," I answered.

'"The god is at the feast," he cried.

'"If the wine be sweet I will drink it with him, and if it be bitter I will drink it with him also," was my answer.

'He bowed his head in wonder, and, taking me by the hand, he raised me up, and led me into the temple.

Los sacerdotes con sus túnicas amarillas se movían silenciosamente entre los verdes árboles, y sobre un pavimento de mármol negro se alzaba la casa de color rojo rosado en la que el dios tenía su morada. Sus puertas eran de laca pulverizada, y en ellas había toros y pavos reales forjados en oro en relieve y pulidos. El tejado inclinado era de porcelana verde mar, y los aleros salientes estaban engalanados con pequeñas campanillas. Cuando las palomas blancas pasaban volando, golpeaban las campanillas con sus alas y las hacían tintinear.

«Delante del templo había un estanque de agua clara, pavimentado con ónice veteado. Me tumbé junto a él y con mis pálidos dedos toqué las anchas hojas. Uno de los sacerdotes vino hacia mí y se colocó detrás de mí. Llevaba sandalias en los pies, una de suave piel de serpiente y la otra de plumaje de ave. Sobre su cabeza llevaba una mitra de fieltro negro decorada con medias lunas plateadas. Siete amarillos estaban entretejidos en su túnica, y su pelo encrespado estaba manchado de antimonio.

«Al cabo de un rato me habló y me preguntó mi deseo.

«Le dije que mi deseo era ver al dios.

«"El dios está cazando", dijo el sacerdote, mirándome extrañado con sus pequeños ojos rasgados.

«"Dime en qué bosque y cabalgaré con él", le contesté.

«Él peinó los suaves flecos de su túnica con sus largas uñas puntiagudas. "El dios está dormido", murmuró.

«"Dime en qué diván y velaré junto a él", le contesté.

«"El dios está de fiesta", gritó.

«"Si el vino es dulce lo beberé con él, y si es amargo también lo beberé con él", fue mi respuesta.

«Él inclinó la cabeza asombrado y, tomándome de la mano, me levantó y me condujo al templo.

'And in the first chamber I saw an idol seated on a throne of jasper bordered with great orient pearls. It was carved out of ebony, and in stature was of the stature of a man. On its forehead was a ruby, and thick oil dripped from its hair on to its thighs. Its feet were red with the blood of a newly-slain kid, and its loins girt with a copper belt that was studded with seven beryls.

'And I said to the priest, "Is this the god?" And he answered me, "This is the god."

'"Show me the god," I cried, "or I will surely slay thee." And I touched his hand, and it became withered.

'And the priest besought me, saying, "Let my lord heal his servant, and I will show him the god."

'So I breathed with my breath upon his hand, and it became whole again, and he trembled and led me into the second chamber, and I saw an idol standing on a lotus of jade hung with great emeralds. It was carved out of ivory, and in stature was twice the stature of a man. On its forehead was a chrysolite, and its breasts were smeared with myrrh and cinnamon. In one hand it held a crooked sceptre of jade, and in the other a round crystal. It ware buskins of brass, and its thick neck was circled with a circle of selenites.

'And I said to the priest, "Is this the god?"

'And he answered me, "This is the god."

'"Show me the god," I cried, "or I will surely slay thee." And I touched his eyes, and they became blind.

'And the priest besought me, saying, "Let my lord heal his servant, and I will show him the god."

'So I breathed with my breath upon his eyes, and the sight came back to them, and he trembled again, and led me into the third chamber, and lo! there was no idol in it, nor image of any kind, but only a mirror of round metal set on an altar of stone.

«Y en la primera cámara vi un ídolo sentado en un trono de jaspe bordeado de grandes perlas orientales. Estaba tallado en ébano y tenía la estatura de un hombre. En su frente había un rubí, y un espeso aceite goteaba de sus cabellos hasta sus muslos. Sus pies estaban enrojecidos con la sangre de un cabrito recién sacrificado, y sus lomos ceñidos con un cinturón de cobre tachonado con siete berilos.

«Y le dije al sacerdote: "¿Es éste el dios?". Y él me respondió: "Éste es el dios".

«"Muéstrame al dios", grité, "o sin duda te mataré". Toqué su mano y se atrofió.

«El sacerdote me suplicó: "Que que mi señor cure a su siervo y le mostraré al dios".

«Entonces soplé con mi aliento sobre su mano, y ésta volvió a estar sana, y él tembló y me condujo a la segunda cámara, y vi un ídolo de pie sobre un loto de jade con grandes esmeraldas colgando. Estaba tallado en marfil y su estatura era el doble de la de un hombre. En su frente había un crisólito, y sus pechos estaban untados de mirra y canela. En una mano sostenía un cetro torcido de jade, y en la otra un cristal redondo. Llevaba pecheras de bronce, y su grueso cuello estaba rodeado por un círculo de selenitas.

«Y le dije al sacerdote: "¿Es éste el dios?".

«Y él me respondió: "Este es el dios".

«"Muéstrame al dios", grité, "o sin duda te mataré". Le toqué los ojos y éstos quedaron ciegos.

«El sacerdote me suplicó: "Que que mi señor cure a su siervo y le mostraré al dios".

«Entonces soplé con mi aliento sobre sus ojos, y la vista volvió a ellos, y él tembló de nuevo, y me condujo a la tercera cámara, y ¡he aquí! no había en ella ídolo ni imagen de ninguna clase, sino sólo un espejo de metal redondo colocado sobre un altar de piedra.

'And I said to the priest, "Where is the god?"

'And he answered me: "There is no god but this mirror that thou seest, for this is the Mirror of Wisdom. And it reflecteth all things that are in heaven and on earth, save only the face of him who looketh into it. This it reflecteth not, so that he who looketh into it may be wise. Many other mirrors are there, but they are mirrors of Opinion. This only is the Mirror of Wisdom. And they who possess this mirror know everything, nor is there anything hidden from them. And they who possess it not have not Wisdom. Therefore is it the god, and we worship it." And I looked into the mirror, and it was even as he had said to me.

'And I did a strange thing, but what I did matters not, for in a valley that is but a day's journey from this place have I hidden the Mirror of Wisdom. Do but suffer me to enter into thee again and be thy servant, and thou shalt be wiser than all the wise men, and Wisdom shall be thine. Suffer me to enter into thee, and none will be as wise as thou.'

But the young Fisherman laughed. 'Love is better than Wisdom,' he cried, 'and the little Mermaid loves me.'

'Nay, but there is nothing better than Wisdom,' said the Soul.

'Love is better,' answered the young Fisherman, and he plunged into the deep, and the Soul went weeping away over the marshes.

And after the second year was over, the Soul came down to the shore of the sea, and called to the young Fisherman, and he rose out of the deep and said, 'Why dost thou call to me?'

And the Soul answered, 'Come nearer, that I may speak with thee, for I have seen marvellous things.'

So he came nearer, and couched in the shallow water, and leaned his head upon his hand and listened.

And the Soul said to him, 'When I left thee, I turned my face to the South and journeyed. From the South cometh everything that is precious. Six days I journeyed along the highways that lead to the city

«Y le dije al sacerdote: "¿Dónde está el dios?".

«Y él me respondió: "No hay más dios que este espejo que ves, pues éste es el Espejo de la Sabiduría. Y refleja todas las cosas que hay en el cielo y en la tierra, excepto sólo el rostro de quien se mira en él. Esto no lo refleja, para que el que se mire en él sea sabio. Hay muchos otros espejos, pero son espejos de Opinión. Sólo éste es el Espejo de la Sabiduría. Y quienes poseen este espejo lo saben todo, no hay nada que se les oculte. Y quienes no lo poseen no tienen Sabiduría. Por eso es el dios, y lo adoramos". Y me miré en el espejo, y era tal como me había dicho.

«E hice una cosa extraña, pero lo que hice no importa, porque en un valle que está a un día de camino de este lugar he escondido el Espejo de la Sabiduría. Permíteme entrar de nuevo en ti y ser tu siervo, y serás más sabio que todos los sabios, y la Sabiduría será tuya. Permíteme entrar en ti, y nadie será tan sabio como tú».

Pero el joven Pescador se rió. «El Amor es mejor que la Sabiduría», gritó, «y la Sirenita me ama».

«No, pero no hay nada mejor que la Sabiduría», dijo el Alma.

«El amor es mejor», respondió el joven Pescador, y se sumergió en las profundidades, y el Alma se alejó llorando por los pantanos.

Al cabo del segundo año, el Alma bajó a la orilla del mar y llamó al joven pescador, el cual, emergiendo de las profundidades, dijo: «¿Por qué me llamas?».

Y el Alma respondió: «Acércate para que pueda hablar contigo, porque he visto cosas maravillosas».

Así que él se acercó y se tumbó en el agua poco profunda, apoyó la cabeza en la mano y escuchó.

Y el Alma le dijo: «Cuando te dejé, volví mi rostro hacia el Sur y viajé. Del Sur viene todo lo que es precioso. Seis días viajé por las carreteras que conducen a la ciudad de Ashter, por las polvorientas carreteras te-

of Ashter, along the dusty red-dyed highways by which the pilgrims are wont to go did I journey, and on the morning of the seventh day I lifted up my eyes, and lo! the city lay at my feet, for it is in a valley.

'There are nine gates to this city, and in front of each gate stands a bronze horse that neighs when the Bedouins come down from the mountains. The walls are cased with copper, and the watch-towers on the walls are roofed with brass. In every tower stands an archer with a bow in his hand. At sunrise he strikes with an arrow on a gong, and at sunset he blows through a horn of horn.

'When I sought to enter, the guards stopped me and asked of me who I was. I made answer that I was a Dervish and on my way to the city of Mecca, where there was a green veil on which the Koran was embroidered in silver letters by the hands of the angels. They were filled with wonder, and entreated me to pass in.

'Inside it is even as a bazaar. Surely thou shouldst have been with me. Across the narrow streets the gay lanterns of paper flutter like large butterflies. When the wind blows over the roofs they rise and fall as painted bubbles do. In front of their booths sit the merchants on silken carpets. They have straight black beards, and their turbans are covered with golden sequins, and long strings of amber and carved peach-stones glide through their cool fingers. Some of them sell galbanum and nard, and curious perfumes from the islands of the Indian Sea, and the thick oil of red roses, and myrrh and little nail-shaped cloves. When one stops to speak to them, they throw pinches of frankincense upon a charcoal brazier and make the air sweet. I saw a Syrian who held in his hands a thin rod like a reed. Grey threads of smoke came from it, and its odour as it burned was as the odour of the pink almond in spring. Others sell silver bracelets embossed all over with creamy blue turquoise stones, and anklets of brass wire fringed with little pearls, and tigers' claws set in gold, and the claws of that gilt cat, the leopard, set in gold also, and earrings of pierced emerald, and finger-rings of hollowed jade. From the tea-houses comes the sound of the guitar, and the opium-smokers with their white smiling faces look out at the passers-by.

'Of a truth thou shouldst have been with me. The wine-sellers

ñidas de rojo por las que suelen ir los peregrinos viajé, y en la mañana del séptimo día levanté los ojos, y ¡he aquí! la ciudad yacía a mis pies, pues está en un valle.

«Hay nueve puertas en esta ciudad, y delante de cada puerta se alza un caballo de bronce que relincha cuando los Beduinos bajan de las montañas. Las murallas están revestidas de cobre, y las torres de vigilancia de las murallas están techadas con latón. En cada torre hay un arquero con un arco en la mano. Al amanecer golpea con una flecha en un gong, y al atardecer sopla a través de una bocina de cuerno.

«Cuando quise entrar, los guardias me detuvieron y me preguntaron quién era. Respondí que era un Derviche y que me dirigía a la ciudad de La Meca, donde había un velo verde en el que el Corán estaba bordado en letras de plata por las manos de los ángeles. Se llenaron de asombro y me rogaron que pasara.

«Por dentro es realmente como un bazar. Seguramente deberías haber estado conmigo. A través de las estrechas calles los alegres farolillos de papel revolotean como grandes mariposas. Cuando el viento sopla sobre los tejados suben y bajan como lo hacen las burbujas pintadas. Delante de sus casetas se sientan los mercaderes sobre alfombras de seda. Llevan lacias barbas negras y sus turbantes están cubiertos de lentejuelas doradas, y largas ristras de ámbar y piedras de melocotón talladas se deslizan entre sus dedos fríos. Algunos de ellos venden gálbano y nardo, y curiosos perfumes de las islas del mar Índico, y el espeso aceite de rosas rojas, y mirra y clavitos en forma de uña. Cuando uno se detiene a hablarles, arrojan pizcas de incienso sobre un brasero de carbón y dulcifican el aire. Vi a un sirio que sostenía en sus manos una vara delgada como un junco. De ella salían hilos grises de humo, y su olor al arder era como el de la almendra rosada en primavera. Otros venden brazaletes de plata repujados por todas partes con piedras de turquesa azul cremoso, y tobilleras de alambre de latón orladas con pequeñas perlas, y garras de tigre engastadas en oro, y las garras de ese gato dorado, el leopardo, engastadas también en oro, y pendientes de esmeralda calada, y anillos para los dedos de jade ahuecado. De las casas de té llega el sonido de la guitarra, y los fumadores de opio con sus rostros blancos y sonrientes miran a los transeúntes.

«La verdad es que deberías haber estado conmigo. Los vendedores

elbow their way through the crowd with great black skins on their shoulders. Most of them sell the wine of Schiraz, which is as sweet as honey. They serve it in little metal cups and strew rose leaves upon it. In the market-place stand the fruitsellers, who sell all kinds of fruit: ripe figs, with their bruised purple flesh, melons, smelling of musk and yellow as topazes, citrons and rose-apples and clusters of white grapes, round red-gold oranges, and oval lemons of green gold. Once I saw an elephant go by. Its trunk was painted with vermilion and turmeric, and over its ears it had a net of crimson silk cord. It stopped opposite one of the booths and began eating the oranges, and the man only laughed. Thou canst not think how strange a people they are. When they are glad they go to the bird-sellers and buy of them a caged bird, and set it free that their joy may be greater, and when they are sad they scourge themselves with thorns that their sorrow may not grow less.

'One evening I met some negroes carrying a heavy palanquin through the bazaar. It was made of gilded bamboo, and the poles were of vermilion lacquer studded with brass peacocks. Across the windows hung thin curtains of muslin embroidered with beetles' wings and with tiny seed-pearls, and as it passed by a pale-faced Circassian looked out and smiled at me. I followed behind, and the negroes hurried their steps and scowled. But I did not care. I felt a great curiosity come over me.

'At last they stopped at a square white house. There were no windows to it, only a little door like the door of a tomb. They set down the palanquin and knocked three times with a copper hammer. An Armenian in a caftan of green leather peered through the wicket, and when he saw them he opened, and spread a carpet on the ground, and the woman stepped out. As she went in, she turned round and smiled at me again. I had never seen any one so pale.

'When the moon rose I returned to the same place and sought for the house, but it was no longer there. When I saw that, I knew who the woman was, and wherefore she had smiled at me.

'Certainly thou shouldst have been with me. On the feast of the New Moon the young Emperor came forth from his palace and went into the mosque to pray. His hair and beard were dyed with rose-leaves,

de vino se abren paso a codazos entre la multitud con grandes odres negros al hombro. La mayoría vende el vino de Schiraz, que es dulce como la miel. Lo sirven en pequeñas copas de metal y esparcen hojas de rosa sobre él. En la plaza del mercado están los fruteros, que venden todo tipo de frutas: higos maduros, con su carne morada magullada, melones, con olor a almizcle y amarillos como topacios, cidras y manzanas rosas y racimos de uvas blancas, naranjas redondas de oro rojo y limones ovalados de oro verde. Una vez vi pasar un elefante. Su trompa estaba pintada con bermellón y cúrcuma, y sobre sus orejas llevaba una red de cordón de seda carmesí. Se detuvo frente a una de las casetas y empezó a comerse las naranjas, y el hombre sólo se echó a reír. No puedes imaginar lo extraño que es este pueblo. Cuando están alegres van a los vendedores de pájaros y les compran un pájaro enjaulado y lo liberan para que su alegría sea mayor, y cuando están tristes se flagelan con espinas para que su pena no sea menor.

«Una tarde me encontré con unos negros que llevaban un pesado palanquín por el bazar. Estaba hecho de bambú dorado y los mástiles eran de laca bermellón tachonada con pavos reales de latón. A través de las ventanas colgaban finas cortinas de muselina bordadas con alas de escarabajo y con diminutas perlas de semilla, y al pasar por delante un circasiano de rostro pálido se asomó y me sonrió. Le seguí detrás, y los negros apresuraron sus pasos y fruncieron el ceño. Pero no me importó. Sentí que me invadía una gran curiosidad.

«Por fin se detuvieron ante una casa blanca y cuadrada. No tenía ventanas, sólo una pequeña puerta como la de una tumba. Bajaron el palanquín y golpearon tres veces con un martillo de cobre. Un armenio vestido con un caftán de cuero verde se asomó por el portillo y, cuando los vio, abrió, extendió una alfombra en el suelo y la mujer salió. Al entrar, se dio la vuelta y volvió a sonreírme. Nunca había visto a nadie tan pálido.

«Cuando salió la luna volví al mismo lugar y busqué la casa, pero ya no estaba allí. Al verlo, supe quién era la mujer y por qué me había sonreído.

«Ciertamente deberías haber estado conmigo. En la fiesta de la Luna Nueva, el joven Emperador salió de su palacio y entró en la mezquita para rezar. Su cabello y su barba estaban teñidos con hojas de rosa y sus

and his cheeks were powdered with a fine gold dust. The palms of his feet and hands were yellow with saffron.

'At sunrise he went forth from his palace in a robe of silver, and at sunset he returned to it again in a robe of gold. The people flung themselves on the ground and hid their faces, but I would not do so. I stood by the stall of a seller of dates and waited. When the Emperor saw me, he raised his painted eyebrows and stopped. I stood quite still, and made him no obeisance. The people marvelled at my boldness, and counselled me to flee from the city. I paid no heed to them, but went and sat with the sellers of strange gods, who by reason of their craft are abominated. When I told them what I had done, each of them gave me a god and prayed me to leave them.

'That night, as I lay on a cushion in the tea-house that is in the Street of Pomegranates, the guards of the Emperor entered and led me to the palace. As I went in they closed each door behind me, and put a chain across it. Inside was a great court with an arcade running all round. The walls were of white alabaster, set here and there with blue and green tiles. The pillars were of green marble, and the pavement of a kind of peach-blossom marble. I had never seen anything like it before.

'As I passed across the court two veiled women looked down from a balcony and cursed me. The guards hastened on, and the butts of the lances rang upon the polished floor. They opened a gate of wrought ivory, and I found myself in a watered garden of seven terraces. It was planted with tulip-cups and moonflowers, and silver-studded aloes. Like a slim reed of crystal a fountain hung in the dusky air. The cypress-trees were like burnt-out torches. From one of them a nightingale was singing.

'At the end of the garden stood a little pavilion. As we approached it two eunuchs came out to meet us. Their fat bodies swayed as they walked, and they glanced curiously at me with their yellow-lidded eyes. One of them drew aside the captain of the guard, and in a low voice whispered to him. The other kept munching scented pastilles, which he took with an affected gesture out of an oval box of lilac enamel.

mejillas empolvadas con un fino polvo de oro. Las palmas de sus pies y manos estaban amarillas de azafrán.

«Al amanecer salía de su palacio con un manto de plata, y al atardecer regresaba de nuevo a él con un manto de oro. La gente se arrojó al suelo y ocultó sus rostros, pero yo no quise hacerlo. Me quedé de pie junto al puesto de un vendedor de dátiles y esperé. Cuando el Emperador me vio, levantó sus cejas pintadas y se detuvo. Yo permanecí inmóvil y no le hice ninguna reverencia. La gente se maravilló de mi osadía y me aconsejó que huyera de la ciudad. No les hice caso, sino que fui y me senté con los vendedores de dioses extraños, que por su oficio son abominables. Cuando les conté lo que había hecho, cada uno de ellos me regaló un dios y me rogó que los abandonara.

«Aquella noche, mientras estaba tumbado sobre un cojín en la casa de té que hay en la Calle de las Granadas, entraron los guardias del Emperador y me condujeron al palacio. Cuando entré, cerraron todas las puertas tras de mí y pusieron una cadena. Dentro había un gran patio con una arcada que lo rodeaba todo. Las paredes eran de alabastro blanco, salpicadas aquí y allá de azulejos azules y verdes. Los pilares eran de mármol verde, y el pavimento de una especie de mármol de flor de melocotón. Nunca había visto nada parecido.

«Cuando atravesé el patio, dos mujeres con velo me miraron desde un balcón y me maldijeron. Los guardias se apresuraron a avanzar y las culatas de las lanzas resonaron sobre el suelo pulido. Abrieron una puerta de marfil forjado y me encontré en un jardín regado de siete terrazas. Estaba plantado con tulipanes y flores de luna, y áloes tachonados de plata. Como una esbelta caña de cristal, una fuente colgaba en el aire crepuscular. Los cipreses parecían antorchas consumidas. Desde uno de ellos cantaba un ruiseñor.

«Al final del jardín había un pequeño pabellón. Cuando nos acercamos a él, dos eunucos salieron a nuestro encuentro. Sus gordos cuerpos se balanceaban al caminar y me miraban curiosos con sus ojos de párpados amarillos. Uno de ellos apartó al capitán de la guardia y en voz baja le susurró. El otro seguía masticando pastillas perfumadas, que sacaba con gesto afectado de una caja ovalada de esmalte lila.

'After a few moments the captain of the guard dismissed the soldiers. They went back to the palace, the eunuchs following slowly behind and plucking the sweet mulberries from the trees as they passed. Once the elder of the two turned round, and smiled at me with an evil smile.

'Then the captain of the guard motioned me towards the entrance of the pavilion. I walked on without trembling, and drawing the heavy curtain aside I entered in.

'The young Emperor was stretched on a couch of dyed lion skins, and a gerfalcon perched upon his wrist. Behind him stood a brass-turbaned Nubian, naked down to the waist, and with heavy earrings in his split ears. On a table by the side of the couch lay a mighty scimitar of steel.

'When the Emperor saw me he frowned, and said to me, "What is thy name? Knowest thou not that I am Emperor of this city?" But I made him no answer.

'He pointed with his finger at the scimitar, and the Nubian seized it, and rushing forward struck at me with great violence. The blade whizzed through me, and did me no hurt. The man fell sprawling on the floor, and when he rose up his teeth chattered with terror and he hid himself behind the couch.

'The Emperor leapt to his feet, and taking a lance from a stand of arms, he threw it at me. I caught it in its flight, and brake the shaft into two pieces. He shot at me with an arrow, but I held up my hands and it stopped in mid-air. Then he drew a dagger from a belt of white leather, and stabbed the Nubian in the throat lest the slave should tell of his dishonour. The man writhed like a trampled snake, and a red foam bubbled from his lips.

'As soon as he was dead the Emperor turned to me, and when he had wiped away the bright sweat from his brow with a little napkin of purfled and purple silk, he said to me, "Art thou a prophet, that I may not harm thee, or the son of a prophet, that I can do thee no hurt? I pray thee leave my city to-night, for while thou art in it I am no longer its lord."

«Al cabo de unos instantes, el capitán de la guardia despidió a los soldados. Volvieron al palacio, los eunucos les seguían lentamente y arrancaban las dulces moras de los árboles a su paso. Una vez, el mayor de los dos se dio la vuelta y me sonrió con maldad.

«Entonces el capitán de la guardia me hizo señas hacia la entrada del pabellón. Caminé sin temblar y apartando la pesada cortina entré.

«El joven Emperador estaba tendido en un diván de pieles de león teñidas, y un gerfalcón se posaba en su muñeca. Detrás de él había un nubio con turbante de latón, desnudo hasta la cintura y con pesados pendientes en sus orejas partidas. Sobre una mesa junto al diván yacía una poderosa cimitarra de acero.

«Cuando el Emperador me vio frunció el ceño y me dijo: "¿Cómo te llamas? ¿No sabes que soy Emperador de esta ciudad?". Pero no le di ninguna respuesta.

«Señaló con el dedo la cimitarra, y el nubio la agarró, y precipitándose hacia delante me golpeó con gran violencia. La hoja me atravesó y no me hizo ningún daño. El hombre cayó desplomado al suelo, y cuando se levantó sus dientes castañeteaban de terror y se escondió detrás del diván.

«El Emperador se puso en pie de un salto y, cogiendo una lanza de un puesto de armas, me la arrojó. La atrapé en su vuelo y rompí el asta en dos pedazos. Me disparó una flecha, pero levanté las manos y se detuvo en el aire. Entonces sacó una daga de un cinturón de cuero blanco y apuñaló al nubio en la garganta para que el esclavo no contara su deshonra. El hombre se retorció como una serpiente pisoteada y una espuma roja burbujeó de sus labios.

«En cuanto murió, el Emperador se volvió hacia mí y, cuando se hubo secado el sudor brillante de la frente con una servilleta de seda púrpura y bordada, me dijo: "¿Eres profeta, para que no pueda hacerte daño, o hijo de profeta, para que no pueda herirte? Te ruego que abandones mi ciudad esta noche, pues mientras estés en ella ya no soy su señor".

'And I answered him, "I will go for half of thy treasure. Give me half of thy treasure, and I will go away."

'He took me by the hand, and led me out into the garden. When the captain of the guard saw me, he wondered. When the eunuchs saw me, their knees shook and they fell upon the ground in fear.

'There is a chamber in the palace that has eight walls of red porphyry, and a brass-sealed ceiling hung with lamps. The Emperor touched one of the walls and it opened, and we passed down a corridor that was lit with many torches. In niches upon each side stood great wine-jars filled to the brim with silver pieces. When we reached the centre of the corridor the Emperor spake the word that may not be spoken, and a granite door swung back on a secret spring, and he put his hands before his face lest his eyes should be dazzled.

'Thou couldst not believe how marvellous a place it was. There were huge tortoise-shells full of pearls, and hollowed moonstones of great size piled up with red rubies. The gold was stored in coffers of elephant-hide, and the gold-dust in leather bottles. There were opals and sapphires, the former in cups of crystal, and the latter in cups of jade. Round green emeralds were ranged in order upon thin plates of ivory, and in one corner were silk bags filled, some with turquoise-stones, and others with beryls. The ivory horns were heaped with purple amethysts, and the horns of brass with chalcedonies and sards. The pillars, which were of cedar, were hung with strings of yellow lynx-stones. In the flat oval shields there were carbuncles, both wine-coloured and coloured like grass. And yet I have told thee but a tithe of what was there.

'And when the Emperor had taken away his hands from before his face he said to me: "This is my house of treasure, and half that is in it is thine, even as I promised to thee. And I will give thee camels and camel drivers, and they shall do thy bidding and take thy share of the treasure to whatever part of the world thou desirest to go. And the thing shall be done to-night, for I would not that the Sun, who is my father, should see that there is in my city a man whom I cannot slay."

'But I answered him, "The gold that is here is thine, and the silver also is thine, and thine are the precious jewels and the things of price.

«Le respondí: "Me iré por la mitad de tu tesoro. Dame la mitad de tu tesoro y me iré".

Me cogió de la mano y me llevó al jardín. Cuando el capitán de la guardia me vio, se maravilló. Cuando los eunucos me vieron, les temblaron las rodillas y cayeron al suelo asustados.

«Hay una cámara en el palacio que tiene ocho paredes de pórfido rojo y un techo sellado de bronce con lámparas colgando. El Emperador tocó una de las paredes y ésta se abrió, y pasamos a un corredor iluminado con muchas antorchas. En nichos a cada lado había grandes tinajas llenas hasta el borde de piezas de plata. Cuando llegamos al centro del corredor, el Emperador pronunció la palabra que no se puede pronunciar, y una puerta de granito giró hacia atrás sobre un resorte secreto, y él se llevó las manos a la cara para que no se le deslumbraran los ojos.

«No puedes creer lo maravilloso que era aquel lugar. Había enormes caparazones de tortuga llenos de perlas, y piedras lunares huecas de gran tamaño apiladas con rubíes rojos. El oro estaba guardado en cofres de piel de elefante, y el polvo de oro en frascos de cuero. Había ópalos y zafiros, los primeros en copas de cristal y los segundos en copas de jade. Las esmeraldas verdes y redondas estaban dispuestas en orden sobre finas placas de marfil, y en una esquina había bolsas de seda llenas, unas de piedras turquesas y otras de berilos. Los cuernos de marfil estaban amontonados con amatistas púrpuras, y los de latón con calcedonias y cornalinas. Los pilares, que eran de cedro, tenían cuerdas de piedras de *lynx* amarillas colgando de ellos. En los escudos ovalados planos había carbunclos, tanto de color vino como de color hierba. Y, sin embargo, sólo te he contado una décima parte de lo que allí había.

«Y cuando el Emperador hubo retirado sus manos de delante de su rostro me dijo: "Esta es mi casa del tesoro, y la mitad de lo que hay en ella es tuya, tal como te prometí. Y te daré camellos y camelleros, y ellos cumplirán tus órdenes y llevarán tu parte del tesoro a cualquier parte del mundo a la que desees ir. Y la cosa se hará esta noche, pues no quiero que el Sol, que es mi padre, vea que hay en mi ciudad un hombre al que no puedo matar".

«Pero yo le respondí: "El oro que está aquí es tuyo, y la plata también es tuya, y tuyas son las joyas preciosas y las cosas de precio. En cuanto

As for me, I have no need of these. Nor shall I take aught from thee but that little ring that thou wearest on the finger of thy hand."

'And the Emperor frowned. "It is but a ring of lead," he cried, "nor has it any value. Therefore take thy half of the treasure and go from my city."

'"Nay," I answered, "but I will take nought but that leaden ring, for I know what is written within it, and for what purpose."

'And the Emperor trembled, and besought me and said, "Take all the treasure and go from my city. The half that is mine shall be thine also."

'And I did a strange thing, but what I did matters not, for in a cave that is but a day's journey from this place have, I hidden the Ring of Riches. It is but a day's journey from this place, and it waits for thy coming. He who has this Ring is richer than all the kings of the world. Come therefore and take it, and the world's riches shall be thine.'

But the young Fisherman laughed. 'Love is better than Riches,' he cried, 'and the little Mermaid loves me.'

'Nay, but there is nothing better than Riches,' said the Soul.

'Love is better,' answered the young Fisherman, and he plunged into the deep, and the Soul went weeping away over the marshes.

And after the third year was over, the Soul came down to the shore of the sea, and called to the young Fisherman, and he rose out of the deep and said, 'Why dost thou call to me?'

And the Soul answered, 'Come nearer, that I may speak with thee, for I have seen marvellous things.'

So he came nearer, and couched in the shallow water, and leaned his head upon his hand and listened.

And the Soul said to him, 'In a city that I know of there is an inn that standeth by a river. I sat there with sailors who drank of two

a mí, no tengo necesidad de ellas. Ni tomaré de ti más que ese pequeño anillo que llevas en el dedo de tu mano".

«Y el Emperador frunció el ceño. "No es más que un anillo de plomo", gritó, "y no tiene ningún valor. Por tanto, toma tu mitad del tesoro y vete de mi ciudad".

«"No", respondí, "no tomaré nada más que ese anillo de plomo, porque sé lo que está escrito en él y con qué propósito".

«El Emperador tembló, me suplicó y me dijo: "Toma todo el tesoro y vete de mi ciudad. La mitad que es mía será también tuya".

«E hice una cosa extraña, pero lo que hice no importa, porque en una cueva que está a sólo un día de viaje desde este lugar tengo escondido el Anillo de las Riquezas. Está a sólo un día de camino de este lugar, y espera tu llegada. El que tiene este Anillo es más rico que todos los reyes del mundo. Ven pues y tómalo, y las riquezas del mundo serán tuyas».

Pero el joven Pescador se rió. «El Amor es mejor que la Riqueza», gritó, «y la Sirenita me ama».

«No, pero no hay nada mejor que la Riqueza», dijo el Alma.

«El Amor es mejor», respondió el joven Pescador, y se sumergió en las profundidades, y el Alma se alejó llorando por los pantanos.

Al cabo del tercer año, el Alma bajó a la orilla del mar y llamó al joven pescador, el cual, emergiendo de las profundidades, dijo: «¿Por qué me llamas?».

Y el Alma respondió: «Acércate para que pueda hablar contigo, porque he visto cosas maravillosas».

Así que él se acercó y se tumbó en el agua poco profunda, apoyó la cabeza en la mano y escuchó.

Y el Alma le dijo: «En una ciudad que yo conozco hay una posada que está junto a un río. Me senté allí con marineros que bebían de dos vi-

different-coloured wines, and ate bread made of barley, and little salt fish served in bay leaves with vinegar. And as we sat and made merry, there entered to us an old man bearing a leathern carpet and a lute that had two horns of amber. And when he had laid out the carpet on the floor, he struck with a quill on the wire strings of his lute, and a girl whose face was veiled ran in and began to dance before us. Her face was veiled with a veil of gauze, but her feet were naked. Naked were her feet, and they moved over the carpet like little white pigeons. Never have I seen anything so marvellous; and the city in which she dances is but a day's journey from this place.'

Now when the young Fisherman heard the words of his Soul, he remembered that the little Mermaid had no feet and could not dance. And a great desire came over him, and he said to himself, 'It is but a day's journey, and I can return to my love,' and he laughed, and stood up in the shallow water, and strode towards the shore.

And when he had reached the dry shore he laughed again, and held out his arms to his Soul. And his Soul gave a great cry of joy and ran to meet him, and entered into him, and the young Fisherman saw stretched before him upon the sand that shadow of the body that is the body of the Soul.

And his Soul said to him, 'Let us not tarry, but get hence at once, for the Sea-gods are jealous, and have monsters that do their bidding.'

So they made haste, and all that night they journeyed beneath the moon, and all the next day they journeyed beneath the sun, and on the evening of the day they came to a city.

And the young Fisherman said to his Soul, 'Is this the city in which she dances of whom thou didst speak to me?'

And his Soul answered him, 'It is not this city, but another. Nevertheless let us enter in.' So they entered in and passed through the streets, and as they passed through the Street of the Jewellers the young Fisherman saw a fair silver cup set forth in a booth. And his Soul said to him, 'Take that silver cup and hide it.'

nos de diferentes colores, y comían pan hecho de cebada, y pescaditos salados servidos en hojas de laurel con vinagre. Y mientras estábamos sentados y nos divertíamos, vino hacia nosotros un anciano que llevaba una alfombra de cuero y un laúd que tenía dos cuernos de ámbar. Y cuando hubo tendido la alfombra en el suelo, golpeó con una pluma las cuerdas de alambre de su laúd, y una muchacha cuyo rostro estaba velado entró corriendo y empezó a bailar ante nosotros. Su rostro estaba cubierto con un velo de gasa, pero sus pies estaban desnudos. Desnudos estaban sus pies, y se movían sobre la alfombra como pequeñas palomas blancas. Nunca he visto nada tan maravilloso; y la ciudad en la que baila no está más que a un día de viaje de este lugar».

Cuando el joven Pescador oyó las palabras de su Alma, recordó que la Sirenita no tenía pies y no podía bailar. Y un gran deseo se apoderó de él, y se dijo a sí mismo: «No es más que un día de viaje, y podré volver a mi amor», y rió, y se levantó del agua poco profunda, y se dirigió hacia la orilla.

Y cuando hubo llegado a la orilla seca se rió de nuevo y tendió los brazos a su Alma. Y su Alma dio un gran grito de alegría y corrió a su encuentro, y entró en él, y el joven Pescador vio extendida ante él sobre la arena esa sombra del cuerpo que es el cuerpo del Alma.

Y su Alma le dijo: «No nos quedemos, vámonos enseguida, porque los Dioses del Mar son celosos y tienen monstruos que cumplen sus órdenes».

Así que se dieron prisa, y toda esa noche viajaron bajo la luna, y todo el día siguiente viajaron bajo el sol, y al atardecer del día llegaron a una ciudad.

Y el joven Pescador dijo a su alma: «¿Es ésta la ciudad en la que baila aquélla de la que me hablaste?».

Y su Alma le respondió: «No es esta ciudad, sino otra. Sin embargo entremos». Así que entraron y atravesaron las calles, y al pasar por la Calle de los Joyeros, el joven Pescador vio una hermosa copa de plata colocada en un puesto. Y su Alma le dijo: «Toma esa copa de plata y escóndela».

So he took the cup and hid it in the fold of his tunic, and they went hurriedly out of the city.

And after that they had gone a league from the city, the young Fisherman frowned, and flung the cup away, and said to his Soul, 'Why didst thou tell me to take this cup and hide it, for it was an evil thing to do?'

But his Soul answered him, 'Be at peace, be at peace.'

And on the evening of the second day they came to a city, and the young Fisherman said to his Soul, 'Is this the city in which she dances of whom thou didst speak to me?'

And his Soul answered him, 'It is not this city, but another. Nevertheless let us enter in.' So they entered in and passed through the streets, and as they passed through the Street of the Sellers of Sandals, the young Fisherman saw a child standing by a jar of water. And his Soul said to him, 'Smite that child.' So he smote the child till it wept, and when he had done this they went hurriedly out of the city.

And after that they had gone a league from the city the young Fisherman grew wroth, and said to his Soul, 'Why didst thou tell me to smite the child, for it was an evil thing to do?'

But his Soul answered him, 'Be at peace, be at peace.'

And on the evening of the third day they came to a city, and the young Fisherman said to his Soul, 'Is this the city in which she dances of whom thou didst speak to me?'

And his Soul answered him, 'It may be that it is in this city, therefore let us enter in.'

So they entered in and passed through the streets, but nowhere could the young Fisherman find the river or the inn that stood by its side. And the people of the city looked curiously at him, and he grew afraid and said to his Soul, 'Let us go hence, for she who dances with white feet is not here.'

Entonces él tomó la copa y la escondió en el pliegue de su túnica, y salieron apresuradamente de la ciudad.

Y después de que se hubieron alejado una legua de la ciudad, el joven Pescador frunció el ceño y arrojó la copa, lejos de él, y dijo a su Alma: «¿Por qué me dijiste que cogiera esta copa y la escondiera, pues era algo malo de hacer?».

Pero su Alma le respondió: «Quédate en paz, quédate en paz».

Al atardecer del segundo día llegaron a una ciudad, y el joven Pescador dijo a su alma: «¿Es ésta la ciudad en la que baila aquélla de la que me hablaste?».

Y su Alma le respondió: «No es esta ciudad, sino otra. Sin embargo, entremos». Así que entraron y atravesaron las calles, y cuando pasaban por la Calle de los Vendedores de Sandalias, el joven Pescador vio a un niño de pie junto a un cántaro de agua. Y su Alma le dijo: «Golpea a ese niño». Así que él golpeó al niño hasta que lloró, y cuando hubo hecho esto salieron apresuradamente de la ciudad.

Y después de que se hubieron alejado una legua de la ciudad, el joven Pescador se enfureció y dijo a su alma: «¿Por qué me dijiste que golpeara al niño, pues era algo malo de hacer?».

Pero su Alma le respondió: «Quédate en paz, quédate en paz».

Al atardecer del tercer día llegaron a una ciudad, y el joven Pescador dijo a su alma: «¿Es ésta la ciudad en la que baila aquélla de la que me hablaste?».

Y su Alma le respondió: «Puede ser que sea en esta ciudad, por lo tanto entremos».

Así que entraron y atravesaron las calles, pero el joven Pescador no pudo encontrar por ninguna parte el río ni la posada que había junto a él. La gente de la ciudad le miraba con curiosidad, y él se asustó y dijo a su Alma: «Vámonos de aquí, pues la que baila con pies blancos no está».

But his Soul answered, 'Nay, but let us tarry, for the night is dark and there will be robbers on the way.'

So he sat him down in the market-place and rested, and after a time there went by a hooded merchant who had a cloak of cloth of Tartary, and bare a lantern of pierced horn at the end of a jointed reed. And the merchant said to him, 'Why dost thou sit in the market-place, seeing that the booths are closed and the bales corded?'

And the young Fisherman answered him, 'I can find no inn in this city, nor have I any kinsman who might give me shelter.'

'Are we not all kinsmen?' said the merchant. 'And did not one God make us? Therefore come with me, for I have a guest-chamber.'

So the young Fisherman rose up and followed the merchant to his house. And when he had passed through a garden of pomegranates and entered into the house, the merchant brought him rose-water in a copper dish that he might wash his hands, and ripe melons that he might quench his thirst, and set a bowl of rice and a piece of roasted kid before him.

And after that he had finished, the merchant led him to the guest-chamber, and bade him sleep and be at rest. And the young Fisherman gave him thanks, and kissed the ring that was on his hand, and flung himself down on the carpets of dyed goat's-hair. And when he had covered himself with a covering of black lamb's-wool he fell asleep.

And three hours before dawn, and while it was still night, his Soul waked him and said to him, 'Rise up and go to the room of the merchant, even to the room in which he sleepeth, and slay him, and take from him his gold, for we have need of it.'

And the young Fisherman rose up and crept towards the room of the merchant, and over the feet of the merchant there was lying a curved sword, and the tray by the side of the merchant held nine purses of gold. And he reached out his hand and touched the sword, and when he touched it the merchant started and awoke, and leaping

Pero su Alma respondió: «No, pero esperemos, porque la noche es oscura y habrá ladrones en el camino».

Así que él se sentó en la plaza del mercado y descansó, y al cabo de un rato pasó por allí un mercader encapuchado que tenía un manto de tela de Tartaria y llevaba un farol de cuerno agujereado en el extremo de una caña articulada. El mercader le dijo: «¿Por qué te sientas en la plaza del mercado, viendo que las casetas están cerradas y los fardos acordonados?».

Y el joven Pescador le respondió: «No encuentro posada en esta ciudad, ni tengo pariente que pueda darme cobijo».

«¿No somos todos parientes?», dijo el mercader. «¿Y no nos creó un solo Dios? Por tanto, ven conmigo, pues tengo una cámara de invitados».

Entonces el joven Pescador se levantó y siguió al mercader hasta su casa. Y cuando hubo atravesado un jardín de granadas y entrado en la casa, el mercader le trajo agua de rosas en un plato de cobre para que se lavara las manos, y melones maduros para que saciara su sed, y le puso delante un cuenco de arroz y un trozo de cabrito asado.

Y cuando hubo terminado, el mercader le condujo a la cámara de invitados y le pidió que durmiera y descansara. Y el joven Pescador le dio las gracias, besó el anillo que llevaba en la mano y se echó sobre las alfombras de pelo de cabra teñido. Y cuando se hubo cubierto con un manto de lana negra de cordero se durmió.

Y tres horas antes del amanecer, y cuando aún era de noche, su Alma le despertó y le dijo: «Levántate y ve a la habitación del mercader, a la habitación en la que duerme, y mátale y quítale su oro, porque lo necesitamos».

Y el joven Pescador se levantó y se acercó sigilosamente a la habitación del mercader, y sobre los pies del mercader yacía una espada curva, y la bandeja al lado del mercader contenía nueve monederos de oro. Y alargó la mano y tocó la espada, y cuando la tocó el mercader se sobresaltó y despertó, y levantándose de un salto agarró él mismo la espada y

up seized himself the sword and cried to the young Fisherman, 'Dost thou return evil for good, and pay with the shedding of blood for the kindness that I have shown thee?'

And his Soul said to the young Fisherman, 'Strike him,' and he struck him so that he swooned and he seized then the nine purses of gold, and fled hastily through the garden of pomegranates, and set his face to the star that is the star of morning.

And when they had gone a league from the city, the young Fisherman beat his breast, and said to his Soul, 'Why didst thou bid me slay the merchant and take his gold? Surely thou art evil.'

But his Soul answered him, 'Be at peace, be at peace.'

'Nay,' cried the young Fisherman, 'I may not be at peace, for all that thou hast made me to do I hate. Thee also I hate, and I bid thee tell me wherefore thou hast wrought with me in this wise.'

And his Soul answered him, 'When thou didst send me forth into the world thou gavest me no heart, so I learned to do all these things and love them.'

'What sayest thou?' murmured the young Fisherman.

'Thou knowest,' answered his Soul, 'thou knowest it well. Hast thou forgotten that thou gavest me no heart? I trow not. And so trouble not thyself nor me, but be at peace, for there is no pain that thou shalt not give away, nor any pleasure that thou shalt not receive.'

And when the young Fisherman heard these words he trembled and said to his Soul, 'Nay, but thou art evil, and hast made me forget my love, and hast tempted me with temptations, and hast set my feet in the ways of sin.'

And his Soul answered him, 'Thou hast not forgotten that when thou didst send me forth into the world thou gavest me no heart. Come, let us go to another city, and make merry, for we have nine purses of gold.'

gritó al joven Pescador: «¿Devuelves mal por bien y pagas con el derramamiento de sangre la bondad que te he mostrado?».

Y su Alma dijo al joven Pescador: «Golpéale», y él le golpeó de tal manera que se desmayó y cogió entonces los nueve monederos de oro, y huyó precipitadamente por el jardín de las granadas, y puso su rostro en la estrella que es la estrella de la mañana.

Cuando se hubieron alejado una legua de la ciudad, el joven Pescador se golpeó el pecho y dijo a su alma: «¿Por qué me ordenaste matar al mercader y tomar su oro? Con seguridad eres malvado».

Pero su Alma le respondió: «Quédate en paz, quédate en paz».

«No», gritó el joven Pescador, «no puedo estar en paz, porque todo lo que me has hecho hacer lo odio. A ti también te odio, y te pido que me digas por qué has obrado así conmigo».

Y su Alma le respondió: «Cuando me enviaste al mundo no me diste corazón, así que aprendí a hacer todas estas cosas y a amarlas».

«¿Qué dices?», murmuró el joven Pescador.

«Lo sabes», respondió su Alma, «lo sabes bien. ¿Has olvidado que no me diste corazón? No lo creo. Así que no te preocupes ni me hagas preocupar a mí, más bien quédate en paz, pues no hay dolor que no des, ni placer que no recibas».

Y cuando el joven Pescador oyó estas palabras, tembló y dijo a su Alma: «No, pero tú eres malo, y me has hecho olvidar mi amor, y me has tentado con tentaciones, y has puesto mis pies en los caminos del pecado».

Y su Alma le respondió: «No has olvidado que cuando me enviaste al mundo no me diste corazón. Ven, vayamos a otra ciudad y alegrémonos, pues tenemos nueve monederos de oro».

But the young Fisherman took the nine purses of gold, and flung them down, and trampled on them.

'Nay,' he cried, 'but I will have nought to do with thee, nor will I journey with thee anywhere, but even as I sent thee away before, so will I send thee away now, for thou hast wrought me no good.' And he turned his back to the moon, and with the little knife that had the handle of green viper's skin he strove to cut from his feet that shadow of the body which is the body of the Soul.

Yet his Soul stirred not from him, nor paid heed to his command, but said to him, 'The spell that the Witch told thee avails thee no more, for I may not leave thee, nor mayest thou drive me forth. Once in his life may a man send his Soul away, but he who receiveth back his Soul must keep it with him for ever, and this is his punishment and his reward.'

And the young Fisherman grew pale and clenched his hands and cried, 'She was a false Witch in that she told me not that.'

'Nay,' answered his Soul, 'but she was true to Him she worships, and whose servant she will be ever.'

And when the young Fisherman knew that he could no longer get rid of his Soul, and that it was an evil Soul and would abide with him always, he fell upon the ground weeping bitterly.

And when it was day the young Fisherman rose up and said to his Soul, 'I will bind my hands that I may not do thy bidding, and close my lips that I may not speak thy words, and I will return to the place where she whom I love has her dwelling. Even to the sea will I return, and to the little bay where she is wont to sing, and I will call to her and tell her the evil I have done and the evil thou hast wrought on me.'

And his Soul tempted him and said, 'Who is thy love, that thou shouldst return to her? The world has many fairer than she is. There are the dancing-girls of Samaris who dance in the manner of all kinds of birds and beasts. Their feet are painted with henna, and in their hands they have little copper bells. They laugh while they dance, and their laughter is as clear as the laughter of water. Come

Pero el joven Pescador cogió los nueve monederos de oro, los arrojó al suelo y los pisoteó.

«No», gritó, «no tendré nada que ver contigo, ni viajaré contigo a ninguna parte, sino que así como te despedí antes, te despediré ahora, porque no me has hecho ningún bien». Y dio la espalda a la luna, y con el pequeño cuchillo que tenía el mango de piel de víbora verde se esforzó por cortar de sus pies esa sombra del cuerpo que es el cuerpo del Alma.

Sin embargo, su Alma no se apartó de él, ni prestó atención a su orden, sino que le dijo: «El hechizo que te dijo la Bruja ya no te sirve, pues no puedo abandonarte, ni tú puedes echarme. Una vez en su vida puede un hombre enviar su Alma lejos, pero aquel que recibe de vuelta su Alma debe mantenerla con él para siempre, y este es su castigo y su recompensa».

Y el joven Pescador palideció, apretó las manos y gritó: «Era una Bruja falsa porque no me dijo eso».

«No», respondió su Alma, «sino que fue fiel a Aquel a quien adora, y de quien será sierva siempre».

Y cuando el joven Pescador supo que ya no podía deshacerse de su Alma, y que era un Alma maligna y que permanecería siempre con él, cayó al suelo llorando amargamente.

Y cuando se hizo de día, el joven Pescador se levantó y dijo a su alma: «Ataré mis manos para no cumplir tus órdenes, y cerraré mis labios para no pronunciar tus palabras, y regresaré al lugar donde tiene su morada aquella a quien amo. Incluso al mar volveré, y a la pequeña bahía donde ella acostumbra a cantar, y la llamaré y le contaré el mal que he hecho y el mal que me has causado».

Y su Alma le tentó y le dijo: «¿Quién es tu amor para que vuelvas con ella? El mundo tiene muchas más bellas que ella. Están las bailarinas de Samaris que danzan a la manera de toda clase de pájaros y bestias. Tienen los pies pintados con henna y en las manos llevan cascabeles de cobre. Ríen mientras bailan, y su risa es tan clara como la del agua. Ven conmigo y te las mostraré. ¿Por qué te preocupas tanto por las cosas

with me and I will show them to thee. For what is this trouble of thine about the things of sin? Is that which is pleasant to eat not made for the eater? Is there poison in that which is sweet to drink? Trouble not thyself, but come with me to another city. There is a little city hard by in which there is a garden of tulip-trees. And there dwell in this comely garden white peacocks and peacocks that have blue breasts. Their tails when they spread them to the sun are like disks of ivory and like gilt disks. And she who feeds them dances for their pleasure, and sometimes she dances on her hands and at other times she dances with her feet. Her eyes are coloured with stibium, and her nostrils are shaped like the wings of a swallow. From a hook in one of her nostrils hangs a flower that is carved out of a pearl. She laughs while she dances, and the silver rings that are about her ankles tinkle like bells of silver. And so trouble not thyself any more, but come with me to this city.'

But the young Fisherman answered not his Soul, but closed his lips with the seal of silence and with a tight cord bound his hands, and journeyed back to the place from which he had come, even to the little bay where his love had been wont to sing. And ever did his Soul tempt him by the way, but he made it no answer, nor would he do any of the wickedness that it sought to make him to do, so great was the power of the love that was within him.

And when he had reached the shore of the sea, he loosed the cord from his hands, and took the seal of silence from his lips, and called to the little Mermaid. But she came not to his call, though he called to her all day long and besought her.

And his Soul mocked him and said, 'Surely thou hast but little joy out of thy love. Thou art as one who in time of death pours water into a broken vessel. Thou givest away what thou hast, and nought is given to thee in return. It were better for thee to come with me, for I know where the Valley of Pleasure lies, and what things are wrought there.'

But the young Fisherman answered not his Soul, but in a cleft of the rock he built himself a house of wattles, and abode there for the space of a year. And every morning he called to the Mermaid, and every noon he called to her again, and at night-time he spake her name. Yet never did she rise out of the sea to meet him, nor in any place of

del pecado? ¿Acaso lo que es agradable de comer no está hecho para el que lo come? ¿Hay veneno en lo que es dulce de beber? No te preocupes, sino ven conmigo a otra ciudad. Hay una pequeña ciudad muy cerca de aquí en la que hay un jardín de tulipanes. Y en este hermoso jardín habitan pavos reales blancos y pavos reales que tienen el pecho azul. Sus colas cuando las extienden al sol son como discos de marfil y como discos dorados. Y la que los alimenta baila para su placer, y unas veces baila sobre sus manos y otras baila con sus pies. Sus ojos están coloreados con estibio y sus fosas nasales tienen la forma de las alas de una golondrina. De un gancho en una de sus fosas nasales cuelga una flor tallada en una perla. Se ríe mientras baila, y los anillos de plata que lleva en los tobillos tintinean como campanillas de plata. Así que no te preocupes más y ven conmigo a esta ciudad».

Pero el joven Pescador no respondió a su Alma, sino que cerró sus labios con el sello del silencio y con un cordón apretado ató sus manos, y viajó de regreso al lugar de donde había venido, hasta la pequeña bahía donde su amor había acostumbrado cantar. Y siempre su Alma lo tentó por el camino, pero él no le dio ninguna respuesta, ni hizo ninguna de las maldades que ella buscaba hacerle hacer, tan grande era el poder del amor que estaba dentro de él.

Y cuando hubo llegado a la orilla del mar, se soltó la cuerda de las manos, se quitó de los labios el sello del silencio y llamó a la Sirenita. Pero ella no acudió a su llamada, a pesar de que él la llamó durante todo el día y le suplicó.

Y su Alma se burló de él y le dijo: «Ciertamente no obtienes sino poca alegría de tu amor. Eres como aquel que en tiempo de muerte vierte agua en una vasija rota. Das lo que tienes y nada se te da a cambio. Sería mejor que vinieras conmigo, pues yo sé dónde está el Valle del Placer y qué cosas se hacen allí».

Pero el joven Pescador no respondió a su Alma, sino que en una hendidura de la roca se construyó una casa de zarzos, y permaneció allí por espacio de un año. Y cada mañana llamaba a la Sirena, y cada mediodía volvía a llamarla, y por la noche pronunciaba su nombre. Sin embargo, ella nunca salió del mar a su encuentro, ni en ningún lugar del mar

the sea could he find her though he sought for her in the caves and in the green water, in the pools of the tide and in the wells that are at the bottom of the deep.

And ever did his Soul tempt him with evil, and whisper of terrible things. Yet did it not prevail against him, so great was the power of his love.

And after the year was over, the Soul thought within himself, 'I have tempted my master with evil, and his love is stronger than I am. I will tempt him now with good, and it may be that he will come with me.'

So he spake to the young Fisherman and said, 'I have told thee of the joy of the world, and thou hast turned a deaf ear to me. Suffer me now to tell thee of the world's pain, and it may be that thou wilt hearken. For of a truth pain is the Lord of this world, nor is there any one who escapes from its net. There be some who lack raiment, and others who lack bread. There be widows who sit in purple, and widows who sit in rags. To and fro over the fens go the lepers, and they are cruel to each other. The beggars go up and down on the highways, and their wallets are empty. Through the streets of the cities walks Famine, and the Plague sits at their gates. Come, let us go forth and mend these things, and make them not to be. Wherefore shouldst thou tarry here calling to thy love, seeing she comes not to thy call? And what is love, that thou shouldst set this high store upon it?'

But the young Fisherman answered it nought, so great was the power of his love. And every morning he called to the Mermaid, and every noon he called to her again, and at night-time he spake her name. Yet never did she rise out of the sea to meet him, nor in any place of the sea could he find her, though he sought for her in the rivers of the sea, and in the valleys that are under the waves, in the sea that the night makes purple, and in the sea that the dawn leaves grey.

And after the second year was over, the Soul said to the young Fisherman at night-time, and as he sat in the wattled house alone, 'Lo! now I have tempted thee with evil, and I have tempted thee with good, and thy love is stronger than I am. Wherefore will I tempt thee no longer, but I pray thee to suffer me to enter thy heart, that I may be one with thee even as before.'

pudo encontrarla aunque la buscó en las cuevas y en las aguas verdes, en los remansos de la marea y en los pozos que están en el fondo de las profundidades.

Y siempre su Alma lo tentó con el mal, y le susurró cosas terribles. Sin embargo, no prevaleció contra él, tan grande era el poder de su amor.

Y cuando terminó el año, el Alma pensó en su interior: «He tentado a mi amo con el mal, y su amor es más fuerte que yo. Ahora le tentaré con el bien, y puede que venga conmigo».

Entonces se dirigió al joven Pescador y le dijo: «Te he hablado de la alegría del mundo y me has hecho oídos sordos. Permíteme ahora que te hable del dolor del mundo, y puede que me escuches. Porque, en verdad, el dolor es el Señor de este mundo, y no hay nadie que escape de su red. Hay quien carece de vestido y quien carece de pan. Hay viudas que se sientan en púrpura, y viudas que se sientan en harapos. De aquí para allá por los pantanos van los leprosos, y son crueles entre sí. Los mendigos suben y bajan por las carreteras, y sus carteras están vacías. Por las calles de las ciudades camina el Hambre, y la Peste se sienta a sus puertas. Vamos, salgamos y arreglemos estas cosas, y hagamos que no existan. ¿Por qué te quedas aquí llamando a tu amor, si ella no acude a tu llamada? ¿Y qué es el amor, para que le des tanta importancia?».

Pero el joven Pescador no le respondió nada, tan grande era la fuerza de su amor. Y cada mañana llamaba a la Sirena, y cada mediodía volvía a llamarla, y por la noche pronunciaba su nombre. Pero ella nunca salió del mar a su encuentro, ni en ningún lugar del mar pudo encontrarla, aunque la buscó en los ríos del mar, y en los valles que están bajo las olas, en el mar que la noche vuelve púrpura, y en el mar que el amanecer deja gris.

Y después de que el segundo año pasó, el Alma dijo al joven Pescador en la noche, y mientras él se sentaba en la casa de madera solo, «¡Hey! ahora te he tentado con el mal, y te he tentado con el bien, y tu amor es más fuerte que yo. Por eso no te tentaré más, sino que te ruego que me permitas entrar en tu corazón, para que pueda ser una contigo como antes».

'Surely thou mayest enter,' said the young Fisherman, 'for in the days when with no heart thou didst go through the world thou must have much suffered.'

'Alas!' cried his Soul, 'I can find no place of entrance, so compassed about with love is this heart of thine.'

'Yet I would that I could help thee,' said the young Fisherman.

And as he spake there came a great cry of mourning from the sea, even the cry that men hear when one of the Sea-folk is dead. And the young Fisherman leapt up, and left his wattled house, and ran down to the shore. And the black waves came hurrying to the shore, bearing with them a burden that was whiter than silver. White as the surf it was, and like a flower it tossed on the waves. And the surf took it from the waves, and the foam took it from the surf, and the shore received it, and lying at his feet the young Fisherman saw the body of the little Mermaid. Dead at his feet it was lying.

Weeping as one smitten with pain he flung himself down beside it, and he kissed the cold red of the mouth, and toyed with the wet amber of the hair. He flung himself down beside it on the sand, weeping as one trembling with joy, and in his brown arms he held it to his breast. Cold were the lips, yet he kissed them. Salt was the honey of the hair, yet he tasted it with a bitter joy. He kissed the closed eyelids, and the wild spray that lay upon their cups was less salt than his tears.

And to the dead thing he made confession. Into the shells of its ears he poured the harsh wine of his tale. He put the little hands round his neck, and with his fingers he touched the thin reed of the throat. Bitter, bitter was his joy, and full of strange gladness was his pain.

The black sea came nearer, and the white foam moaned like a leper. With white claws of foam the sea grabbled at the shore. From the palace of the Sea-King came the cry of mourning again, and far out upon the sea the great Tritons blew hoarsely upon their horns.

'Flee away,' said his Soul, 'for ever doth the sea come nigher, and if thou tarriest it will slay thee. Flee away, for I am afraid, seeing that

«Con seguridad puedes entrar», dijo el joven Pescador, «pues en los días en que sin corazón ibas por el mundo debiste sufrir mucho».

«¡Ay!» gritó su Alma, «no puedo encontrar lugar de entrada, tan rodeado de amor está este corazón tuyo».

«Sin embargo, me gustaría poder ayudarte», dijo el joven Pescador.

Y mientras hablaba se oyó un gran grito de luto procedente del mar, el grito que oyen los hombres cuando muere alguien de la Gente del Mar. Y el joven Pescador se levantó de un salto, abandonó su casa de madera y corrió hacia la orilla. Y las olas negras llegaron corriendo a la orilla, llevando con ellas una carga que era más blanca que la plata. Blanca como el oleaje era, y como una flor se agitaba sobre las olas. Y el oleaje la tomó de las olas, y la espuma la tomó del oleaje, y la orilla la recibió, y yaciendo a sus pies el joven Pescador vio el cuerpo de la Sirenita. Muerta yacía a sus pies.

Llorando como alguien golpeado por el dolor se arrojó junto a ella, y besó el rojo frío de la boca, y jugueteó con el ámbar húmedo del pelo. Se arrojó junto a ella sobre la arena, llorando como quien tiembla de alegría, y en sus brazos morenos la estrechó contra su pecho. Fríos estaban los labios, y sin embargo los besó. Salada era la miel del cabello, y sin embargo la saboreó con una amarga alegría. Besó los párpados cerrados, y el rocío salvaje que yacía sobre sus copas era menos salado que sus lágrimas.

Y a la cosa muerta le hizo una confesión. En las conchas de sus orejas vertió el áspero vino de su cuento. Puso las pequeñas manos alrededor de su cuello, y con sus dedos tocó la fina caña de la garganta. Amarga, amarga era su alegría, y lleno de extraña alegría estaba su dolor.

El mar negro se acercaba y la espuma blanca gemía como un leproso. Con blancas garras de espuma el mar se agarraba a la orilla. Del palacio del Rey-Marino llegó de nuevo el grito de lamento, y lejos sobre el mar los grandes Tritones soplaron roncamente sobre sus cuernos.

«Huye», dijo su Alma, «porque el mar se acerca cada vez más, y si te quedas te matará. Huye, pues tengo miedo, viendo que tu corazón se

thy heart is closed against me by reason of the greatness of thy love. Flee away to a place of safety. Surely thou wilt not send me without a heart into another world?'

But the young Fisherman listened not to his Soul, but called on the little Mermaid and said, 'Love is better than wisdom, and more precious than riches, and fairer than the feet of the daughters of men. The fires cannot destroy it, nor can the waters quench it. I called on thee at dawn, and thou didst not come to my call. The moon heard thy name, yet hadst thou no heed of me. For evilly had I left thee, and to my own hurt had I wandered away. Yet ever did thy love abide with me, and ever was it strong, nor did aught prevail against it, though I have looked upon evil and looked upon good. And now that thou art dead, surely I will die with thee also.'

And his Soul besought him to depart, but he would not, so great was his love. And the sea came nearer, and sought to cover him with its waves, and when he knew that the end was at hand he kissed with mad lips the cold lips of the Mermaid, and the heart that was within him brake. And as through the fulness of his love his heart did break, the Soul found an entrance and entered in, and was one with him even as before. And the sea covered the young Fisherman with its waves.

And in the morning the Priest went forth to bless the sea, for it had been troubled. And with him went the monks and the musicians, and the candle-bearers, and the swingers of censers, and a great company.

And when the Priest reached the shore he saw the young Fisherman lying drowned in the surf, and clasped in his arms was the body of the little Mermaid. And he drew back frowning, and having made the sign of the cross, he cried aloud and said, 'I will not bless the sea nor anything that is in it. Accursed be the Sea-folk, and accursed be all they who traffic with them. And as for him who for love's sake forsook God, and so lieth here with his leman slain by God's judgment, take up his body and the body of his leman, and bury them in the corner of the Field of the Fullers, and set no mark above them, nor sign of any kind, that none may know the place of their resting. For accursed were they in their lives, and accursed shall they be in their

cierra contra mí a causa de la grandeza de tu amor. Huye a un lugar seguro. Seguramente no me enviarás sin corazón a otro mundo».

Pero el joven Pescador no escuchó a su Alma, sino que llamó a la Sirenita y le dijo: «El amor es mejor que la sabiduría, y más precioso que las riquezas, y más hermoso que los pies de las hijas de los hombres. Los fuegos no pueden destruirlo, ni las aguas apagarlo. Te llamé al amanecer, y no acudiste a mi llamada. La luna oyó tu nombre, pero no me hiciste caso. Porque malamente te había abandonado, y para mi propio mal me había alejado. Sin embargo, tu amor permaneció siempre conmigo, y siempre fue fuerte, nada prevaleció contra él, aunque he mirado al mal y he mirado al bien. Y ahora que tú has muerto, ciertamente yo también moriré contigo».

Y su Alma le rogó que partiera, pero él no quiso, tan grande era su amor. Y el mar se acercó, y trató de cubrirlo con sus olas, y cuando supo que el fin estaba cerca besó con labios locos los fríos labios de la Sirena, y el corazón que estaba dentro de él se rompió. Y como por la plenitud de su amor su corazón se rompió, el Alma encontró una entrada y entró, y fue una con él como antes. Y el mar cubrió al joven Pescador con sus olas.

Y por la mañana el Sacerdote salió a bendecir el mar, pues se había agitado. Y con él iban los monjes, los músicos, los portadores de velas, los que agitaban los incensarios y una gran compañía.

Y cuando el Sacerdote llegó a la orilla vio al joven Pescador que yacía ahogado en el oleaje, y entre sus brazos estaba el cuerpo de la Sirenita. Y retrocedió frunciendo el ceño, y habiendo hecho la señal de la cruz, gritó en voz alta y dijo: «No bendeciré el mar ni nada de lo que hay en él. Maldita sea la Gente del Mar y malditos todos los que trafican con ellos. Y en cuanto a aquel que por amor a Dios abandonó a Dios, y así yace aquí con su amor asesinado por el juicio de Dios, tomen su cuerpo y el cuerpo de su amor, y entiérrenlos en la esquina del Campo de los Llenadores, y no pongan ninguna marca sobre ellos, ni señal de ningún tipo, para que nadie pueda saber el lugar de su descanso. Porque malditos fueron en vida y malditos serán también en su muerte».

deaths also.'

And the people did as he commanded them, and in the corner of the Field of the Fullers, where no sweet herbs grew, they dug a deep pit, and laid the dead things within it.

And when the third year was over, and on a day that was a holy day, the Priest went up to the chapel, that he might show to the people the wounds of the Lord, and speak to them about the wrath of God.

And when he had robed himself with his robes, and entered in and bowed himself before the altar, he saw that the altar was covered with strange flowers that never had been seen before. Strange were they to look at, and of curious beauty, and their beauty troubled him, and their odour was sweet in his nostrils. And he felt glad, and understood not why he was glad.

And after that he had opened the tabernacle, and incensed the monstrance that was in it, and shown the fair wafer to the people, and hid it again behind the veil of veils, he began to speak to the people, desiring to speak to them of the wrath of God. But the beauty of the white flowers troubled him, and their odour was sweet in his nostrils, and there came another word into his lips, and he spake not of the wrath of God, but of the God whose name is Love. And why he so spake, he knew not.

And when he had finished his word the people wept, and the Priest went back to the sacristy, and his eyes were full of tears. And the deacons came in and began to unrobe him, and took from him the alb and the girdle, the maniple and the stole. And he stood as one in a dream.

And after that they had unrobed him, he looked at them and said, 'What are the flowers that stand on the altar, and whence do they come?'

And they answered him, 'What flowers they are we cannot tell, but they come from the corner of the Fullers' Field.' And the Priest trembled, and returned to his own house and prayed.

Y la gente hizo lo que él les ordenó, y en la esquina del Campo de los Llenadores, donde no crecían hierbas dulces, cavaron una fosa profunda y depositaron en ella las cosas muertas.

Al cumplirse el tercer año, en un día que era sagrado, el sacerdote subió a la capilla para mostrar al pueblo las llagas del Señor y hablarles de la ira de Dios.

Y cuando se hubo vestido con sus ropas, entró y se inclinó ante el altar, y vio que el altar estaba cubierto de flores extrañas que nunca se habían visto antes. Eran extrañas a la vista, y de curiosa belleza, y su belleza le turbó, y su olor era dulce en sus fosas nasales. Y se sintió alegre, sin entender por qué estaba alegre.

Y después de haber abierto el tabernáculo, e incensado la custodia que había en él, y mostrado la hermosa hostia al pueblo, y escondida ésta de nuevo tras el velo de los velos, él comenzó a hablar al pueblo, deseando hablarles de la ira de Dios. Pero la belleza de las flores blancas le turbó, y su olor era dulce en sus fosas nasales, y vino otra palabra a sus labios, y no habló de la ira de Dios, sino del Dios cuyo nombre es Amor. Y no sabía por qué hablaba así.

Y cuando hubo terminado su palabra, el pueblo lloró, y el sacerdote volvió a la sacristía, y sus ojos estaban llenos de lágrimas. Y los diáconos entraron y comenzaron a desvestirlo, y le quitaron el alba y el ceñidor, el manípulo y la estola. Y se quedó como en un sueño.

Después de que le hubieron desvestido, les miró y dijo: «¿Qué son esas flores que están sobre el altar y de dónde vienen?».

Y ellos le respondieron: «No podemos decir qué flores son, pero vienen de la esquina del Campo de los Llenadores». Y el Sacerdote tembló, y regresó a su propia casa y oró.

And in the morning, while it was still dawn, he went forth with the monks and the musicians, and the candle-bearers and the swingers of censers, and a great company, and came to the shore of the sea, and blessed the sea, and all the wild things that are in it. The Fauns also he blessed, and the little things that dance in the woodland, and the bright-eyed things that peer through the leaves. All the things in God's world he blessed, and the people were filled with joy and wonder. Yet never again in the corner of the Fullers' Field grew flowers of any kind, but the field remained barren even as before. Nor came the Sea-folk into the bay as they had been wont to do, for they went to another part of the sea.

Y por la mañana, cuando aún estaba amaneciendo, salió con los monjes y los músicos, y los portadores de velas y los que agitaban incensarios, y una gran compañía, y llegó a la orilla del mar, y bendijo el mar y todas las cosas salvajes que hay en él. También bendijo a los Faunos, y a las pequeñas cosas que danzan en el bosque, y a las cosas de ojos brillantes que miran a través de las hojas. Bendijo todas las cosas del mundo de Dios, y la gente se llenó de alegría y asombro. Sin embargo, nunca más en el rincón del Campo de los Llenadores crecieron flores de ningún tipo, sino que el campo permaneció estéril como antes. Tampoco la Gente del Mar entró en la bahía como acostumbraba, pues se fue a otra parte del mar.

The Star-Child

Once upon a time two poor Woodcutters were making their way home through a great pine-forest. It was winter, and a night of bitter cold. The snow lay thick upon the ground, and upon the branches of the trees: the frost kept snapping the little twigs on either side of them, as they passed: and when they came to the Mountain-Torrent she was hanging motionless in air, for the Ice-King had kissed her.

So cold was it that even the animals and the birds did not know what to make of it.

'Ugh!' snarled the Wolf, as he limped through the brushwood with his tail between his legs, 'this is perfectly monstrous weather. Why doesn't the Government look to it?'

'Weet! weet! weet!' twittered the green Linnets, 'the old Earth is dead and they have laid her out in her white shroud.'

'The Earth is going to be married, and this is her bridal dress,' whispered the Turtle-doves to each other. Their little pink feet were quite frost-bitten, but they felt that it was their duty to take a romantic view of the situation.

'Nonsense!' growled the Wolf. 'I tell you that it is all the fault of the Government, and if you don't believe me I shall eat you.' The Wolf had a thoroughly practical mind, and was never at a loss for a good argument.

'Well, for my own part,' said the Woodpecker, who was a born philosopher, 'I don't care an atomic theory for explanations. If a thing is so, it is so, and at present it is terribly cold.'

Terribly cold it certainly was. The little Squirrels, who lived inside the tall fir-tree, kept rubbing each other's noses to keep themselves warm, and the Rabbits curled themselves up in their holes, and did not venture even to look out of doors. The only people who seemed to enjoy it were the great horned Owls. Their feathers were quite stiff with rime, but they did not mind, and they rolled their large yellow eyes, and called out to each other across the forest, 'Tu-whit! Tu-

El Niño-Estrella

Érase una vez dos pobres Leñadores que se dirigían a casa a través de un gran bosque de pinos. Era invierno, y una noche de frío intenso. La nieve yacía espesa sobre el suelo y sobre las ramas de los árboles; la escarcha seguía rompiendo las pequeñas ramitas a ambos lados de ellos, a medida que pasaban, y cuando llegaron al Torrente de la Montaña, ésta colgaba inmóvil en el aire, pues el Rey Hielo la había besado.

Hacía tanto frío que incluso los animales y los pájaros no sabían qué hacer.

«¡Uf!», gruñó el Lobo, mientras cojeaba entre los matorrales con el rabo entre las piernas, «este tiempo es perfectamente monstruoso. ¿Por qué el Gobierno no se ocupa de ello?».

«¡Uit! ¡Uit! ¡Uit!», gorjearon los Pardillos verdes, «la vieja Tierra ha muerto y la han tendido en su mortaja blanca».

«La Tierra se va a casar, y éste es su vestido de novia», susurraron entre sí las Tórtolas. Sus piececitos rosados estaban bastante congelados, pero sentían que era su deber adoptar una visión romántica de la situación.

«¡Tonterías!», gruñó el Lobo. «Les digo que todo es culpa del Gobierno, y si no me creen me los comeré». El Lobo tenía una mente completamente práctica y nunca le faltaba un buen argumento.

«Bueno, por mi parte», dijo el Pájaro Carpintero, que era un filósofo nato, «no necesito una teoría atómica para encontrar explicaciones. Si una cosa es así, es así, y en la actualidad hace un frío terrible».

Ciertamente hacía un frío terrible. Las pequeñas Ardillas, que vivían dentro del alto abeto, no paraban de frotarse las narices para mantenerse calientes, y los Conejos se acurrucaban en sus madrigueras y no se aventuraban ni siquiera a mirar al exterior. Los únicos que parecían disfrutar eran los búhos cornudos. Tenían las plumas bastante tiesas de baba, pero no les importaba, ponían en blanco sus grandes ojos amarillos y se llamaban unos a otros a través del bosque: «¡Tu-uit! ¡Tu-uo!

whoo! Tu-whit! Tu-whoo! what delightful weather we are having!'

On and on went the two Woodcutters, blowing lustily upon their fingers, and stamping with their huge iron-shod boots upon the caked snow. Once they sank into a deep drift, and came out as white as millers are, when the stones are grinding; and once they slipped on the hard smooth ice where the marsh-water was frozen, and their faggots fell out of their bundles, and they had to pick them up and bind them together again; and once they thought that they had lost their way, and a great terror seized on them, for they knew that the Snow is cruel to those who sleep in her arms. But they put their trust in the good Saint Martin, who watches over all travellers, and retraced their steps, and went warily, and at last they reached the outskirts of the forest, and saw, far down in the valley beneath them, the lights of the village in which they dwelt.

So overjoyed were they at their deliverance that they laughed aloud, and the Earth seemed to them like a flower of silver, and the Moon like a flower of gold.

Yet, after that they had laughed they became sad, for they remembered their poverty, and one of them said to the other, 'Why did we make merry, seeing that life is for the rich, and not for such as we are? Better that we had died of cold in the forest, or that some wild beast had fallen upon us and slain us.'

'Truly,' answered his companion, 'much is given to some, and little is given to others. Injustice has parcelled out the world, nor is there equal division of aught save of sorrow.'

But as they were bewailing their misery to each other this strange thing happened. There fell from heaven a very bright and beautiful star. It slipped down the side of the sky, passing by the other stars in its course, and, as they watched it wondering, it seemed to them to sink behind a clump of willow-trees that stood hard by a little sheep-fold no more than a stone's-throw away.

'Why! there is a crook of gold for whoever finds it,' they cried, and they set to and ran, so eager were they for the gold.

¡Tu-uit! ¡Tu-uo! ¡Qué tiempo tan delicioso estamos teniendo!».

Siguieron y siguieron los dos Leñadores, soplando enérgicamente sobre sus dedos y zapateando con sus enormes botas calzadas de hierro sobre la nieve apelmazada. Una vez se hundieron en un profundo barrizal, y salieron tan blancos como los molineros cuando las piedras muelen; y una vez resbalaron en el duro y liso hielo donde el agua de los pantanos estaba congelada, y sus fardos se salieron de sus haces, y tuvieron que recogerlos y atarlos de nuevo; y una vez pensaron que habían perdido el camino, y un gran terror se apoderó de ellos, pues sabían que la Nieve es cruel con los que duermen en sus brazos. Pero confiaron en el buen San Martín, que vela por todos los viajeros, y volvieron sobre sus pasos, y avanzaron con cautela, y al fin llegaron a las afueras del bosque, y vieron, muy abajo en el valle, las luces de la aldea en la que vivían.

Tan alegres estaban por su liberación que rieron en voz alta, y la Tierra les pareció una flor de plata, y la Luna una flor de oro.

Sin embargo, después de haberse reído se entristecieron, pues recordaron su pobreza, y uno de ellos le dijo al otro: «¿Por qué nos alegramos, viendo que la vida es para los ricos y no para los que son como nosotros? Mejor sería que hubiéramos muerto de frío en el bosque, o que alguna bestia salvaje hubiera caído sobre nosotros y nos hubiera matado».

«En verdad», respondió su compañero, «se da mucho a unos y poco a otros. La injusticia ha repartido el mundo, y no hay reparto equitativo de nada, salvo de la pena».

Pero mientras se lamentaban mutuamente de su miseria, sucedió algo extraño. Cayó del cielo una estrella muy brillante y hermosa. Se deslizó por la ladera del cielo, pasando junto a las demás estrellas en su curso y, mientras la observaban maravillados, les pareció que se hundía detrás de un grupo de sauces que se alzaban junto a un pequeño redil a no más de un tiro de piedra.

«¡Vaya! hay un báculo de oro para quien lo encuentre», gritaron, y se pusieron en marcha y corrieron, tan ansiosos estaban por el oro.

And one of them ran faster than his mate, and outstripped him, and forced his way through the willows, and came out on the other side, and lo! there was indeed a thing of gold lying on the white snow. So he hastened towards it, and stooping down placed his hands upon it, and it was a cloak of golden tissue, curiously wrought with stars, and wrapped in many folds. And he cried out to his comrade that he had found the treasure that had fallen from the sky, and when his comrade had come up, they sat them down in the snow, and loosened the folds of the cloak that they might divide the pieces of gold. But, alas! no gold was in it, nor silver, nor, indeed, treasure of any kind, but only a little child who was asleep.

And one of them said to the other: 'This is a bitter ending to our hope, nor have we any good fortune, for what doth a child profit to a man? Let us leave it here, and go our way, seeing that we are poor men, and have children of our own whose bread we may not give to another.'

But his companion answered him: 'Nay, but it were an evil thing to leave the child to perish here in the snow, and though I am as poor as thou art, and have many mouths to feed, and but little in the pot, yet will I bring it home with me, and my wife shall have care of it.'

So very tenderly he took up the child, and wrapped the cloak around it to shield it from the harsh cold, and made his way down the hill to the village, his comrade marvelling much at his foolishness and softness of heart.

And when they came to the village, his comrade said to him, 'Thou hast the child, therefore give me the cloak, for it is meet that we should share.'

But he answered him: 'Nay, for the cloak is neither mine nor thine, but the child's only,' and he bade him Godspeed, and went to his own house and knocked.

And when his wife opened the door and saw that her husband had returned safe to her, she put her arms round his neck and kissed him, and took from his back the bundle of faggots, and brushed the snow off his boots, and bade him come in.

Y uno de ellos corrió más deprisa que su compañero, y tomó ventaja, y se abrió paso a través de los sauces, y salió al otro lado, y ¡he aquí! que había en efecto una cosa de oro tendida sobre la blanca nieve. Así que se dio prisa y fue hacia ella, y agachándose puso sus manos sobre ella, y era un manto de tejido dorado, curiosamente labrado con estrellas, y envuelto en muchos pliegues. Y gritó a su camarada que había encontrado el tesoro que había caído del cielo, y cuando su camarada hubo subido, se sentaron en la nieve y aflojaron los pliegues del manto para poder repartirse las piezas de oro. Pero, ¡ay! no había oro en él, ni plata, ni, de hecho, tesoro de ninguna clase, sino sólo un niño pequeño que estaba dormido.

Y uno de ellos dijo al otro: «Este es un amargo final para nuestra esperanza, ni siquiera tenemos buena fortuna, pues ¿de qué le sirve a un hombre un niño? Dejémoslo aquí y sigamos nuestro camino, ya que somos hombres pobres y tenemos hijos propios cuyo pan no podemos dar a otro».

Pero su compañero le contestó: «No, pero sería una maldad dejar que el niño perezca aquí en la nieve, y aunque soy tan pobre como tú, y tengo muchas bocas que alimentar, y muy poco en la olla, aun así lo llevaré a casa conmigo, y mi esposa cuidará de él».

Así que, con mucha ternura, cogió al niño, lo envolvió con el manto para protegerlo del duro frío y se encaminó colina abajo hacia la aldea, mientras su camarada se maravillaba mucho de su insensatez y blandura de corazón.

Cuando llegaron a la aldea, su camarada le dijo: «Tú tienes al niño, dame pues el manto, pues es justo que lo compartamos».

Pero él le respondió: «No, porque el manto no es ni mío ni tuyo, sino sólo del niño», y le deseó buena suerte, y se fue a su propia casa y llamó.

Y cuando su esposa abrió la puerta y vio que su marido había regresado sano y salvo a ella, le echó los brazos al cuello y le besó, le quitó de la espalda el haz de leña, le quitó la nieve de las botas y le invitó a entrar.

But he said to her, 'I have found something in the forest, and I have brought it to thee to have care of it,' and he stirred not from the threshold.

'What is it?' she cried. 'Show it to me, for the house is bare, and we have need of many things.' And he drew the cloak back, and showed her the sleeping child.

'Alack, goodman!' she murmured, 'have we not children of our own, that thou must needs bring a changeling to sit by the hearth? And who knows if it will not bring us bad fortune? And how shall we tend it?' And she was wroth against him.

'Nay, but it is a Star-Child,' he answered; and he told her the strange manner of the finding of it.

But she would not be appeased, but mocked at him, and spoke angrily, and cried: 'Our children lack bread, and shall we feed the child of another? Who is there who careth for us? And who giveth us food?'

'Nay, but God careth for the sparrows even, and feedeth them,' he answered.

'Do not the sparrows die of hunger in the winter?' she asked. 'And is it not winter now?'

And the man answered nothing, but stirred not from the threshold.

And a bitter wind from the forest came in through the open door, and made her tremble, and she shivered, and said to him: 'Wilt thou not close the door? There cometh a bitter wind into the house, and I am cold.'

'Into a house where a heart is hard cometh there not always a bitter wind?' he asked. And the woman answered him nothing, but crept closer to the fire.

And after a time she turned round and looked at him, and her eyes were full of tears. And he came in swiftly, and placed the child in her arms, and she kissed it, and laid it in a little bed where the youngest

Pero él le dijo: «He encontrado algo en el bosque y te lo he traído para que lo cuides», y no se movió del umbral.

«¿Qué es?», gritó ella. «Muéstramelo, pues la casa está vacía y necesitamos muchas cosas». Y él echó el manto hacia atrás y le mostró al niño dormido.

«¡Ay, buen hombre!», murmuró ella, «¿no tenemos hijos propios, que es necesario que traigas a un sustituto para que esté junto al hogar? ¿Y quién sabe si no nos traerá mala fortuna? ¿Y cómo lo cuidaremos?». Y se enfureció contra él.

«No, es un Niño-Estrella», respondió él; y le contó la extraña forma en que lo había encontrado.

Pero ella no se calmaba, sino que se burló de él, habló con enojo y gritó: «A nuestros hijos les falta el pan, ¿y vamos a alimentar al hijo de otro? ¿Quién hay que cuide de nosotros? ¿Y quién nos da de comer?».

«No, Dios cuida incluso de los gorriones y los alimenta», respondió él.

«¿No mueren de hambre los gorriones en invierno?», preguntó ella. «¿Y no es invierno ahora?».

Y el hombre no respondió nada, y no se movió del umbral.

Y un viento amargo del bosque entró por la puerta abierta, la hizo temblar y estremecerse a ella, y ella le dijo: «¿No cerrarás la puerta? Viene un viento amargo a la casa, y tengo frío».

«¿En una casa donde el corazón es duro no entra siempre un viento amargo?», preguntó él. Y la mujer no le respondió nada, sino que se arrastró más cerca del fuego.

Al cabo de un rato, ella se volvió y le miró, y sus ojos estaban llenos de lágrimas. Y él entró rápidamente, y puso al niño en sus brazos, y ella lo besó, y lo acostó en una camita donde yacía el más pequeño de sus pro-

of their own children was lying. And on the morrow the Woodcutter took the curious cloak of gold and placed it in a great chest, and a chain of amber that was round the child's neck his wife took and set it in the chest also.

So the Star-Child was brought up with the children of the Woodcutter, and sat at the same board with them, and was their playmate. And every year he became more beautiful to look at, so that all those who dwelt in the village were filled with wonder, for, while they were swarthy and black-haired, he was white and delicate as sawn ivory, and his curls were like the rings of the daffodil. His lips, also, were like the petals of a red flower, and his eyes were like violets by a river of pure water, and his body like the narcissus of a field where the mower comes not.

Yet did his beauty work him evil. For he grew proud, and cruel, and selfish. The children of the Woodcutter, and the other children of the village, he despised, saying that they were of mean parentage, while he was noble, being sprang from a Star, and he made himself master over them, and called them his servants. No pity had he for the poor, or for those who were blind or maimed or in any way afflicted, but would cast stones at them and drive them forth on to the highway, and bid them beg their bread elsewhere, so that none save the outlaws came twice to that village to ask for alms. Indeed, he was as one enamoured of beauty, and would mock at the weakly and ill-favoured, and make jest of them; and himself he loved, and in summer, when the winds were still, he would lie by the well in the priest's orchard and look down at the marvel of his own face, and laugh for the pleasure he had in his fairness.

Often did the Woodcutter and his wife chide him, and say: 'We did not deal with thee as thou dealest with those who are left desolate, and have none to succour them. Wherefore art thou so cruel to all who need pity?'

Often did the old priest send for him, and seek to teach him the love of living things, saying to him: 'The fly is thy brother. Do it no harm. The wild birds that roam through the forest have their freedom. Snare them not for thy pleasure. God made the blind-worm and the mole, and each has its place. Who art thou to bring pain into God's

pios hijos. Y al día siguiente, el Leñador cogió el curioso manto de oro y lo colocó en un gran cofre, y su esposa cogió una cadena de ámbar que rodeaba el cuello del niño y la colocó también en el cofre.

Así pues, el Niño-Estrella se crió con los hijos del Leñador, se sentó a la misma mesa con ellos y fue su compañero de juegos. Y cada año se volvía más hermoso a la vista, de modo que todos los que habitaban en la aldea se llenaban de asombro, pues, mientras ellos eran morenos y de pelo negro, él era blanco y delicado como el marfil aserrado, y sus rizos eran como los anillos del narciso. Sus labios, además, eran como los pétalos de una flor roja, y sus ojos como violetas junto a un río de agua pura, y su cuerpo como el narciso de un campo donde no llega el segador.

Sin embargo, su belleza le hizo mal. Pues se volvió orgulloso, cruel y egoísta. Despreció a los hijos del Leñador y a los demás niños de la aldea, diciendo que eran de mal parentesco, mientras que él era noble, por haber nacido de una Estrella, y se hizo amo de ellos y los llamó sus siervos. No sentía piedad alguna por los pobres, ni por los ciegos o mutilados o afligidos de cualquier forma, sino que les arrojaba piedras y los echaba a la carretera, y les ordenaba que mendigaran su pan en otra parte, de modo que nadie, salvo los proscritos, acudía dos veces a esa aldea para pedir limosna. De hecho, él era un enamorado de la belleza, y se burlaba de los débiles y desfavorecidos, y hacía bromas de ellos; y a sí mismo se amaba, y en verano, cuando los vientos estaban quietos, se tumbaba junto al pozo en el huerto del cura y miraba la maravilla de su propio rostro, y reía por el placer que le producía su hermosura.

A menudo el Leñador y su mujer lo reprendían y le decían: «No te tratamos como tú tratas a los que quedan desolados y no tienen quien los socorra. ¿Por qué eres tan cruel con todos los que necesitan compasión?».

A menudo el viejo sacerdote mandaba a buscarlo y trataba de enseñarle el amor a los seres vivos, diciéndole: «La mosca es tu hermana. No le hagas daño. Los pájaros salvajes que vagan por el bosque tienen su libertad. No los atrapes para tu placer. Dios hizo al gusano ciego y al topo, y cada uno tiene su lugar. ¿Quién eres tú para traer dolor al mundo

world? Even the cattle of the field praise Him.'

But the Star-Child heeded not their words, but would frown and flout, and go back to his companions, and lead them. And his companions followed him, for he was fair, and fleet of foot, and could dance, and pipe, and make music. And wherever the Star-Child led them they followed, and whatever the Star-Child bade them do, that did they. And when he pierced with a sharp reed the dim eyes of the mole, they laughed, and when he cast stones at the leper they laughed also. And in all things he ruled them, and they became hard of heart even as he was.

Now there passed one day through the village a poor beggar-woman. Her garments were torn and ragged, and her feet were bleeding from the rough road on which she had travelled, and she was in very evil plight. And being weary she sat her down under a chestnut-tree to rest.

But when the Star-Child saw her, he said to his companions, 'See! There sitteth a foul beggar-woman under that fair and green-leaved tree. Come, let us drive her hence, for she is ugly and ill- favoured.'

So he came near and threw stones at her, and mocked her, and she looked at him with terror in her eyes, nor did she move her gaze from him. And when the Woodcutter, who was cleaving logs in a haggard hard by, saw what the Star-Child was doing, he ran up and rebuked him, and said to him: 'Surely thou art hard of heart and knowest not mercy, for what evil has this poor woman done to thee that thou shouldst treat her in this wise?'

And the Star-Child grew red with anger, and stamped his foot upon the ground, and said, 'Who art thou to question me what I do? I am no son of thine to do thy bidding.'

'Thou speakest truly,' answered the Woodcutter, 'yet did I show thee pity when I found thee in the forest.'

And when the woman heard these words she gave a loud cry, and fell into a swoon. And the Woodcutter carried her to his own house, and his wife had care of her, and when she rose up from the swoon

de Dios? Hasta el ganado del campo lo alaba».

Pero el Niño-Estrella no hacía caso de sus palabras, sino que fruncía el ceño y se burlaba, y volvía con sus compañeros y los lideraba. Y sus compañeros le siguieron, pues era hermoso y rápido de pies y sabía bailar, tocar la flauta y hacer música. Y dondequiera que el Niño-Estrella los guiaba, ellos lo seguían, y todo lo que el Niño-Estrella les ordenaba hacer, eso hacían. Y cuando perforó con una caña afilada los ojos oscuros del topo, se rieron, y cuando arrojó piedras al leproso también se rieron. Y en todas las cosas los gobernó, y se endurecieron de corazón como él.

Un día pasó por la aldea una pobre mendiga. Sus vestidos estaban rasgados y andrajosos, y sus pies sangraban por el áspero camino por el que había viajado, y se encontraba en muy mala situación. Cansada, se sentó a descansar bajo un castaño.

Pero cuando el Niño-Estrella la vio, dijo a sus compañeros: «¡Miren! Hay una mendiga asquerosa sentada bajo ese árbol hermoso y de hojas verdes. Vengan, echémosla de aquí, pues es fea y mal favorecida».

Así que se acercó y le arrojó piedras y se burló de ella, y ella lo miró con terror en los ojos, sin apartar su mirada de él. Y cuando el Leñador, que estaba hendiendo troncos en una majada cercana, vio lo que hacía el Niño-Estrella, corrió a reprenderlo y le dijo: «Ciertamente eres duro de corazón y no conoces la misericordia, pues ¿qué mal te ha hecho esta pobre mujer para que la trates así?».

Y el Niño-Estrella enrojeció de ira, dio un pisotón en el suelo y dijo: «¿Quién eres tú para preguntarme lo que hago? No soy hijo tuyo para cumplir tus órdenes».

«Hablas con verdad», respondió el Leñador, «sin embargo, te mostré compasión cuando te encontré en el bosque».

Y cuando la mujer oyó estas palabras dio un fuerte grito y cayó desmayada. Y el Leñador la llevó a su propia casa, y su mujer cuidó de ella, y cuando se despertó del desmayo en que había caído, le pusieron delante

into which she had fallen, they set meat and drink before her, and bade her have comfort.

But she would neither eat nor drink, but said to the Woodcutter, 'Didst thou not say that the child was found in the forest? And was it not ten years from this day?'

And the Woodcutter answered, 'Yea, it was in the forest that I found him, and it is ten years from this day.'

'And what signs didst thou find with him?' she cried. 'Bare he not upon his neck a chain of amber? Was not round him a cloak of gold tissue broidered with stars?'

'Truly,' answered the Woodcutter, 'it was even as thou sayest.' And he took the cloak and the amber chain from the chest where they lay, and showed them to her.

And when she saw them she wept for joy, and said, 'He is my little son whom I lost in the forest. I pray thee send for him quickly, for in search of him have I wandered over the whole world.'

So the Woodcutter and his wife went out and called to the Star-Child, and said to him, 'Go into the house, and there shalt thou find thy mother, who is waiting for thee.'

So he ran in, filled with wonder and great gladness. But when he saw her who was waiting there, he laughed scornfully and said, 'Why, where is my mother? For I see none here but this vile beggar-woman.'

And the woman answered him, 'I am thy mother.'

'Thou art mad to say so,' cried the Star-Child angrily. 'I am no son of thine, for thou art a beggar, and ugly, and in rags. Therefore get thee hence, and let me see thy foul face no more.'

'Nay, but thou art indeed my little son, whom I bare in the forest,' she cried, and she fell on her knees, and held out her arms to him. 'The robbers stole thee from me, and left thee to die,' she murmured, 'but I recognised thee when I saw thee, and the signs also have I rec-

comida y bebida, y la instaron a que se consolara.

Pero ella no quiso ni comer ni beber, sino que dijo al Leñador: «¿No dijiste que el niño había sido encontrado en el bosque? ¿Y no han pasado diez años desde este día?».

Y el Leñador respondió: «Sí, fue en el bosque donde lo encontré, y han pasado diez años desde este día».

«¿Y qué señales encontraste con él?», gritó ella. «¿No llevaba en el cuello una cadena de ámbar? ¿No le rodeaba un manto de tejido de oro bordado con estrellas?».

«En verdad», respondió el Leñador, «fue tal como dices». Y sacó la capa y la cadena de ámbar del cofre donde yacían y se las mostró.

Cuando ella los vio, lloró de alegría y dijo: «Es mi hijito que perdí en el bosque. Te ruego que envíes por él rápidamente, pues en su busca he vagado por todo el mundo».

Entonces el Leñador y su mujer salieron y llamaron al Niño Estrella y le dijeron: «Entra en la casa y allí encontrarás a tu madre, que te está esperando».

Así que él entró corriendo, lleno de asombro y gran alegría. Pero cuando vio a la que allí esperaba, se rió desdeñosamente y dijo: «Vaya, ¿dónde está mi madre? Pues no veo aquí a nadie más que a esta vil mendiga».

Y la mujer le respondió: «Yo soy tu madre».

«Estás loca al decir eso», gritó furioso el Niño-Estrella. «No soy hijo tuyo, pues eres una mendiga, y fea, y andrajosa. Por tanto, vete de aquí y no me dejes ver más tu asqueroso rostro».

«No, pero tú eres en verdad mi hijito, a quien di a luz en el bosque», gritó ella, y cayó de rodillas y le tendió los brazos. «Los ladrones te robaron y te dejaron para morir», murmuró ella, «pero te reconocí cuando te vi, y también he reconocido las señales, el manto de tejido dorado y la

ognised, the cloak of golden tissue and the amber chain. Therefore I pray thee come with me, for over the whole world have I wandered in search of thee. Come with me, my son, for I have need of thy love.'

But the Star-Child stirred not from his place, but shut the doors of his heart against her, nor was there any sound heard save the sound of the woman weeping for pain.

And at last he spoke to her, and his voice was hard and bitter. 'If in very truth thou art my mother,' he said, 'it had been better hadst thou stayed away, and not come here to bring me to shame, seeing that I thought I was the child of some Star, and not a beggar's child, as thou tellest me that I am. Therefore get thee hence, and let me see thee no more.'

'Alas! my son,' she cried, 'wilt thou not kiss me before I go? For I have suffered much to find thee.'

'Nay,' said the Star-Child, 'but thou art too foul to look at, and rather would I kiss the adder or the toad than thee.'

So the woman rose up, and went away into the forest weeping bitterly, and when the Star-Child saw that she had gone, he was glad, and ran back to his playmates that he might play with them.

But when they beheld him coming, they mocked him and said, 'Why, thou art as foul as the toad, and as loathsome as the adder. Get thee hence, for we will not suffer thee to play with us,' and they drave him out of the garden.

And the Star-Child frowned and said to himself, 'What is this that they say to me? I will go to the well of water and look into it, and it shall tell me of my beauty.'

So he went to the well of water and looked into it, and lo! his face was as the face of a toad, and his body was sealed like an adder. And he flung himself down on the grass and wept, and said to himself, 'Surely this has come upon me by reason of my sin. For I have denied my mother, and driven her away, and been proud, and cruel to her. Wherefore I will go and seek her through the whole world, nor will I

cadena de ámbar. Por eso te ruego que vengas conmigo, pues por todo el mundo he vagado en tu busca. Ven conmigo, hijo mío, pues necesito de tu amor».

Pero el Niño-Estrella no se movió de su sitio, sino que cerró las puertas de su corazón contra ella, y no se oyó más sonido que el de la mujer llorando de dolor.

Y por fin le habló, y su voz era dura y amarga. «Si en verdad eres mi madre», dijo, «hubiera sido mejor que te hubieras quedado lejos, y no que hubieras venido aquí para avergonzarme, ya que yo creía que era el hijo de alguna Estrella, y no el hijo de un mendigo, como tú me dices que soy. Por tanto, vete de aquí y no dejes que te vea más».

«¡Ay! hijo mío», gritó ella, «¿no me besarás antes de que me vaya? Porque he sufrido mucho para encontrarte».

«No», dijo el Niño-Estrella, «pues eres demasiado repugnante para mirarte, y preferiría besar a la víbora o al sapo que a ti».

Entonces la mujer se levantó y se marchó al bosque llorando amargamente, y cuando el Niño-Estrella vio que se había ido, se alegró y corrió de vuelta con sus compañeros de juego para poder jugar con ellos.

Pero cuando lo vieron llegar, se burlaron de él y dijeron: «Vaya, eres tan asqueroso como el sapo y tan repugnante como la víbora. Vete de aquí, pues no permitiremos que juegues con nosotros», y lo sacaron del jardín.

Y el Niño-Estrella frunció el ceño y se dijo: «¿Qué es esto que me dicen? Iré al pozo de agua y miraré en él, y me hablará de mi belleza».

Así que fue al pozo de agua y miró en él, y ¡he aquí! su cara era como la cara de un sapo, y su cuerpo estaba sellado como el de una víbora. Se echó sobre la hierba y lloró, y se dijo: «Seguramente esto me ha sucedido a causa de mi pecado. Porque he negado a mi madre y la he alejado, y he sido orgulloso y cruel con ella. Por eso iré a buscarla por todo el mundo, y no descansaré hasta encontrarla».

rest till I have found her.'

And there came to him the little daughter of the Woodcutter, and she put her hand upon his shoulder and said, 'What doth it matter if thou hast lost thy comeliness? Stay with us, and I will not mock at thee.'

And he said to her, 'Nay, but I have been cruel to my mother, and as a punishment has this evil been sent to me. Wherefore I must go hence, and wander through the world till I find her, and she give me her forgiveness.'

So he ran away into the forest and called out to his mother to come to him, but there was no answer. All day long he called to her, and, when the sun set he lay down to sleep on a bed of leaves, and the birds and the animals fled from him, for they remembered his cruelty, and he was alone save for the toad that watched him, and the slow adder that crawled past.

And in the morning he rose up, and plucked some bitter berries from the trees and ate them, and took his way through the great wood, weeping sorely. And of everything that he met he made inquiry if perchance they had seen his mother.

He said to the Mole, 'Thou canst go beneath the earth. Tell me, is my mother there?'

And the Mole answered, 'Thou hast blinded mine eyes. How should I know?'

He said to the Linnet, 'Thou canst fly over the tops of the tall trees, and canst see the whole world. Tell me, canst thou see my mother?'

And the Linnet answered, 'Thou hast clipt my wings for thy pleasure. How should I fly?'

And to the little Squirrel who lived in the fir-tree, and was lonely, he said, 'Where is my mother?'

And the Squirrel answered, 'Thou hast slain mine. Dost thou seek

Se acercó a él la hijita del Leñador, le puso la mano en el hombro y le dijo: «¿Qué importa que hayas perdido tu hermosura? Quédate con nosotros y no me burlaré de ti».

Y él le dijo: «No, porque he sido cruel con mi madre, y como castigo me ha sido enviado este mal. Por lo tanto, debo irme de aquí y vagar por el mundo hasta que la encuentre y ella me dé su perdón».

Entonces huyó al bosque y llamó a su madre para que viniera a verle, pero no obtuvo respuesta. Durante todo el día la llamó y, cuando se puso el sol, se tumbó a dormir en un lecho de hojas, y los pájaros y los animales huyeron de él, pues recordaban su crueldad, y se quedó solo, salvo por el sapo que lo observaba y la lenta víbora que pasaba arrastrándose.

Y por la mañana se levantó, arrancó algunas bayas amargas de los árboles y se las comió, y siguió su camino a través del gran bosque, llorando desconsoladamente. Y a todo el que encontraba le preguntaba si acaso habían visto a su madre.

Le dijo al Topo: «Tú puedes ir bajo la tierra. Dime, ¿está mi madre allí?».

Y el Topo respondió: «Has cegado mis ojos. ¿Cómo voy a saberlo?».

Le dijo al Pardillo: «Tú puedes volar sobre las copas de los altos árboles y puedes ver el mundo entero. Dime, ¿puedes ver a mi madre?».

Y el Pardillo respondió: «Me has cortado las alas por tu placer. ¿Cómo voy a volar?».

Y a la Ardillita que vivía en el abeto y se sentía sola le dijo: «¿Dónde está mi madre?».

Y la Ardilla respondió: «Tú has matado a la mía. ¿Buscas matar tam-

to slay thine also?'

And the Star-Child wept and bowed his head, and prayed forgiveness of God's things, and went on through the forest, seeking for the beggar-woman. And on the third day he came to the other side of the forest and went down into the plain.

And when he passed through the villages the children mocked him, and threw stones at him, and the carlots would not suffer him even to sleep in the byres lest he might bring mildew on the stored corn, so foul was he to look at, and their hired men drave him away, and there was none who had pity on him. Nor could he hear anywhere of the beggar-woman who was his mother, though for the space of three years he wandered over the world, and often seemed to see her on the road in front of him, and would call to her, and run after her till the sharp flints made his feet to bleed. But overtake her he could not, and those who dwelt by the way did ever deny that they had seen her, or any like to her, and they made sport of his sorrow.

For the space of three years he wandered over the world, and in the world there was neither love nor loving-kindness nor charity for him, but it was even such a world as he had made for himself in the days of his great pride.

And one evening he came to the gate of a strong-walled city that stood by a river, and, weary and footsore though he was, he made to enter in. But the soldiers who stood on guard dropped their halberts across the entrance, and said roughly to him, 'What is thy business in the city?'

'I am seeking for my mother,' he answered, 'and I pray ye to suffer me to pass, for it may be that she is in this city.'

But they mocked at him, and one of them wagged a black beard, and set down his shield and cried, 'Of a truth, thy mother will not be merry when she sees thee, for thou art more ill-favoured than the toad of the marsh, or the adder that crawls in the fen. Get thee gone. Get thee gone. Thy mother dwells not in this city.'

And another, who held a yellow banner in his hand, said to him,

bién a la tuya?».

Y el Niño-Estrella lloró e inclinó la cabeza, y pidió perdón a Dios, y siguió por el bosque, buscando a la mendiga. Y al tercer día llegó al otro lado del bosque y bajó a la llanura.

Y cuando pasaba por las aldeas, los niños se burlaban de él y le arrojaban piedras, y los campesinos no le permitían ni siquiera dormir en los establos por temor a que trajera moho al maíz almacenado, tan repugnante era a la vista, y sus jornaleros lo alejaban, y no había nadie que se apiadara de él. Tampoco pudo oír hablar en ninguna parte de la mendiga que era su madre, aunque durante el espacio de tres años vagó por el mundo, y a menudo le parecía verla en el camino delante de él, y la llamaba, y corría tras ella hasta que los afiladas pedernales le hacían sangrar los pies. Pero no podía alcanzarla, y los que vivían junto al camino negaban siempre haberla visto, o a alguien parecido a ella, y se burlaban de su pena.

Durante el espacio de tres años vagó por el mundo, y en el mundo no había para él ni amor, ni bondad, ni caridad, sino que era un mundo como el que él mismo había hecho en los días de su gran orgullo.

Y una noche llegó a la puerta de una ciudad de fuertes murallas que se alzaba junto a un río y, por cansado y dolorido que estuviera, se dispuso a entrar. Pero los soldados que montaban guardia dejaron caer sus alabardas sobre la entrada y le dijeron bruscamente: «¿Qué asuntos te traes a la ciudad?».

«Busco a mi madre», respondió él, «y les ruego que me dejen pasar, pues puede ser que se encuentre en esta ciudad».

Pero se burlaron de él, y uno de ellos meneó una barba negra, bajó su escudo y gritó: «En verdad, tu madre no se alegrará cuando te vea, pues eres más desgraciado que el sapo del pantano o la víbora que se arrastra en el pantano. Vete. Vete. Tu madre no habita en esta ciudad».

Y otro, que llevaba un estandarte amarillo en la mano, le dijo: «¿Quién

'Who is thy mother, and wherefore art thou seeking for her?'

And he answered, 'My mother is a beggar even as I am, and I have treated her evilly, and I pray ye to suffer me to pass that she may give me her forgiveness, if it be that she tarrieth in this city.' But they would not, and pricked him with their spears.

And, as he turned away weeping, one whose armour was inlaid with gilt flowers, and on whose helmet couched a lion that had wings, came up and made inquiry of the soldiers who it was who had sought entrance. And they said to him, 'It is a beggar and the child of a beggar, and we have driven him away.'

'Nay,' he cried, laughing, 'but we will sell the foul thing for a slave, and his price shall be the price of a bowl of sweet wine.'

And an old and evil-visaged man who was passing by called out, and said, 'I will buy him for that price,' and, when he had paid the price, he took the Star-Child by the hand and led him into the city.

And after that they had gone through many streets they came to a little door that was set in a wall that was covered with a pomegranate tree. And the old man touched the door with a ring of graved jasper and it opened, and they went down five steps of brass into a garden filled with black poppies and green jars of burnt clay. And the old man took then from his turban a scarf of figured silk, and bound with it the eyes of the Star-Child, and drove him in front of him. And when the scarf was taken off his eyes, the Star-Child found himself in a dungeon, that was lit by a lantern of horn.

And the old man set before him some mouldy bread on a trencher and said, 'Eat,' and some brackish water in a cup and said, 'Drink,' and when he had eaten and drunk, the old man went out, locking the door behind him and fastening it with an iron chain.

And on the morrow the old man, who was indeed the subtlest of the magicians of Libya and had learned his art from one who dwelt in the tombs of the Nile, came in to him and frowned at him, and said, 'In a wood that is nigh to the gate of this city of Giaours there are three pieces of gold. One is of white gold, and another is of yellow gold,

es tu madre y por qué la buscas?».

Y él respondió: «Mi madre es mendiga como yo, y la he tratado mal, y les ruego que me dejen pasar para que ella me dé su perdón, si es que se queda en esta ciudad». Pero no quisieron, y le pincharon con sus lanzas.

Y, mientras él se apartaba llorando, se acercó uno cuya armadura tenía incrustaciones de flores doradas y en cuyo casco descansaba un león con alas, y preguntó a los soldados quién era el que había querido entrar. Y ellos le dijeron: «Es un mendigo y el hijo de un mendigo, y lo hemos echado».

«No», gritó, riendo, «venderemos al asqueroso por un esclavo, y su precio será el de un tazón de vino dulce».

Un hombre viejo y malvado que pasaba por allí los llamó y dijo: «Lo compraré por ese precio» y, cuando hubo pagado el precio, cogió al Niño-Estrella de la mano y lo llevó a la ciudad.

Y después de haber atravesado muchas calles llegaron a una pequeña puerta que estaba enclavada en un muro cubierto por un árbol de granadas. Y el anciano tocó la puerta con un anillo de jaspe labrado y se abrió, y bajaron cinco escalones de bronce a un jardín lleno de amapolas negras y jarras verdes de arcilla quemada. Y el anciano sacó entonces de su turbante un pañuelo de seda labrada, y ató con él los ojos del Niño-Estrella, y lo condujo delante de él. Y cuando le quitó el pañuelo de los ojos, el Niño-Estrella se encontró en una mazmorra, que estaba iluminada por una linterna de cuerno.

El anciano le puso delante un poco de pan mohoso en un tenedor y le dijo: «Come», y un poco de agua salobre en una taza y le dijo: «Bebe»; y cuando hubo comido y bebido, el anciano salió, cerrando la puerta tras de sí y sujetándola con una cadena de hierro.

Al día siguiente, el anciano, que era sin duda el más sutil de los magos de Libia y había aprendido su arte de uno que habitaba en las tumbas del Nilo, se acercó a él, le miró con el ceño fruncido y le dijo: «En un bosque cercano a la puerta de esta ciudad de Giaours hay tres piezas de oro. Una es de oro blanco, otra de oro amarillo y el oro de la tercera es rojo.

and the gold of the third one is red. To-day thou shalt bring me the piece of white gold, and if thou bringest it not back, I will beat thee with a hundred stripes. Get thee away quickly, and at sunset I will be waiting for thee at the door of the garden. See that thou bringest the white gold, or it shall go ill with thee, for thou art my slave, and I have bought thee for the price of a bowl of sweet wine.' And he bound the eyes of the Star-Child with the scarf of figured silk, and led him through the house, and through the garden of poppies, and up the five steps of brass. And having opened the little door with his ring he set him in the street.

And the Star-Child went out of the gate of the city, and came to the wood of which the Magician had spoken to him.

Now this wood was very fair to look at from without, and seemed full of singing birds and of sweet-scented flowers, and the Star-Child entered it gladly. Yet did its beauty profit him little, for wherever he went harsh briars and thorns shot up from the ground and encompassed him, and evil nettles stung him, and the thistle pierced him with her daggers, so that he was in sore distress. Nor could he anywhere find the piece of white gold of which the Magician had spoken, though he sought for it from morn to noon, and from noon to sunset. And at sunset he set his face towards home, weeping bitterly, for he knew what fate was in store for him.

But when he had reached the outskirts of the wood, he heard from a thicket a cry as of some one in pain. And forgetting his own sorrow he ran back to the place, and saw there a little Hare caught in a trap that some hunter had set for it.

And the Star-Child had pity on it, and released it, and said to it, 'I am myself but a slave, yet may I give thee thy freedom.'

And the Hare answered him, and said: 'Surely thou hast given me freedom, and what shall I give thee in return?'

And the Star-Child said to it, 'I am seeking for a piece of white gold, nor can I anywhere find it, and if I bring it not to my master he will beat me.'

Hoy me traerás la pieza de oro blanco, y si no me la traes, te castigaré con cien azotes. Vete pronto, y al atardecer te estaré esperando en la puerta del jardín. Procura traer el oro blanco o te irá mal, pues eres mi esclavo y te he comprado por el precio de un tazón de vino dulce». Y ató los ojos del Niño-Estrella con el pañuelo de seda labrada, y lo condujo a través de la casa, y por el jardín de amapolas, y subió los cinco escalones de bronce. Y habiendo abierto la puertecilla con su anillo lo puso en la calle.

Y el Niño-Estrella salió por la puerta de la ciudad y llegó al bosque del que le había hablado el Mago.

Ahora bien, este bosque era muy hermoso a la vista desde fuera, y parecía lleno de pájaros cantores y de flores de dulce aroma, y el Niño-Estrella entró en él con mucho gusto. Sin embargo, de poco le sirvió su belleza, pues por dondequiera que pasaba, ásperas zarzas y espinas salían disparadas del suelo y lo rodeaban, y malignas ortigas lo aguijoneaban, y el cardo lo atravesaba con sus puñales, de modo que se vio sumido en una gran angustia. Tampoco pudo encontrar en ninguna parte la pieza de oro blanco de la que le había hablado el Mago, aunque la buscó desde la mañana hasta el mediodía, y desde el mediodía hasta la puesta del sol. Y al atardecer puso el rostro en dirección a su hogar, llorando amargamente, pues sabía el destino que le aguardaba.

Pero cuando había llegado a las afueras del bosque, oyó desde un matorral un grito como de alguien que sufría. Y olvidando su propio dolor corrió de nuevo al lugar, y vio allí una pequeña Liebre atrapada en una trampa que algún cazador le había tendido.

El Niño-Estrella se apiadó de ella, la liberó y le dijo: «Yo mismo no soy más que un esclavo, pero puedo darte tu libertad».

La Liebre le respondió: «Ciertamente me has dado la libertad, ¿y qué te daré yo a cambio?».

Y el Niño-Estrella le dijo: «Busco un trozo de oro blanco, pero no lo encuentro por ninguna parte, y si no se lo llevo a mi amo, me golpeará».

'Come thou with me,' said the Hare, 'and I will lead thee to it, for I know where it is hidden, and for what purpose.'

So the Star-Child went with the Hare, and lo! in the cleft of a great oak-tree he saw the piece of white gold that he was seeking. And he was filled with joy, and seized it, and said to the Hare, 'The service that I did to thee thou hast rendered back again many times over, and the kindness that I showed thee thou hast repaid a hundred-fold.'

'Nay,' answered the Hare, 'but as thou dealt with me, so I did deal with thee,' and it ran away swiftly, and the Star-Child went towards the city.

Now at the gate of the city there was seated one who was a leper. Over his face hung a cowl of grey linen, and through the eyelets his eyes gleamed like red coals. And when he saw the Star-Child coming, he struck upon a wooden bowl, and clattered his bell, and called out to him, and said, 'Give me a piece of money, or I must die of hunger. For they have thrust me out of the city, and there is no one who has pity on me.'

'Alas!' cried the Star-Child, 'I have but one piece of money in my wallet, and if I bring it not to my master he will beat me, for I am his slave.'

But the leper entreated him, and prayed of him, till the Star-Child had pity, and gave him the piece of white gold.

And when he came to the Magician's house, the Magician opened to him, and brought him in, and said to him, 'Hast thou the piece of white gold?' And the Star-Child answered, 'I have it not.' So the Magician fell upon him, and beat him, and set before him an empty trencher, and said, 'Eat,' and an empty cup, and said, 'Drink,' and flung him again into the dungeon.

And on the morrow the Magician came to him, and said, 'If to-day thou bringest me not the piece of yellow gold, I will surely keep thee as my slave, and give thee three hundred stripes.'

So the Star-Child went to the wood, and all day long he searched for

«Ven conmigo», dijo la Liebre, «y te guiaré hasta ella, pues sé dónde está escondida y con qué propósito».

Así es que el Niño-Estrella fue con la Liebre, y ¡he aquí! en la hendidura de un gran roble vio la pieza de oro blanco que buscaba. Se llenó de alegría, la cogió y le dijo a la Liebre: «El servicio que te hice lo has devuelto muchas veces, y la amabilidad que te mostré me la has devuelto cien veces».

«No», respondió la Liebre, «así como tú me trataste, así te traté yo», y huyó velozmente, y el Niño-Estrella se dirigió hacia la ciudad.

A la puerta de la ciudad estaba sentado un leproso. Sobre su rostro colgaba una capucha de lino gris, y a través de los ojales sus ojos brillaban como carbones rojos. Y cuando vio llegar al Niño-Estrella, golpeó un cuenco de madera, hizo sonar su campana y lo llamó diciendo: «Dame un poco de dinero o moriré de hambre. Porque me han echado de la ciudad, y no hay nadie que se apiade de mí».

«¡Ay!», gritó el Niño-Estrella, «sólo tengo una pieza de dinero en mi cartera, y si no se la llevo a mi amo me pegará, pues soy su esclavo».

Pero el leproso le suplicó y le rogó, hasta que el Niño-Estrella se apiadó y le dio la pieza de oro blanco.

Cuando llegó a la casa del Mago, éste le abrió, le hizo entrar y le dijo: «¿Tienes la pieza de oro blanco?». Y el Niño-Estrella respondió: «No la tengo». Entonces el Mago se tiró sobre él y lo golpeó, le puso delante un plato vacío y le dijo: «Come», y una copa vacía y le dijo: «Bebe», y lo arrojó de nuevo al calabozo.

Al día siguiente, el Mago se le acercó y le dijo: «Si hoy no me traes la pieza de oro amarillo, te retendré como mi esclavo y te daré trescientos azotes».

Así que el Niño-Estrella fue al bosque, y durante todo el día buscó

the piece of yellow gold, but nowhere could he find it. And at sunset he sat him down and began to weep, and as he was weeping there came to him the little Hare that he had rescued from the trap,

And the Hare said to him, 'Why art thou weeping? And what dost thou seek in the wood?'

And the Star-Child answered, 'I am seeking for a piece of yellow gold that is hidden here, and if I find it not my master will beat me, and keep me as a slave.'

'Follow me,' cried the Hare, and it ran through the wood till it came to a pool of water. And at the bottom of the pool the piece of yellow gold was lying.

'How shall I thank thee?' said the Star-Child, 'for lo! this is the second time that you have succoured me.'

'Nay, but thou hadst pity on me first,' said the Hare, and it ran away swiftly.

And the Star-Child took the piece of yellow gold, and put it in his wallet, and hurried to the city. But the leper saw him coming, and ran to meet him, and knelt down and cried, 'Give me a piece of money or I shall die of hunger.'

And the Star-Child said to him, 'I have in my wallet but one piece of yellow gold, and if I bring it not to my master he will beat me and keep me as his slave.'

But the leper entreated him sore, so that the Star-Child had pity on him, and gave him the piece of yellow gold.

And when he came to the Magician's house, the Magician opened to him, and brought him in, and said to him, 'Hast thou the piece of yellow gold?' And the Star-Child said to him, 'I have it not.' So the Magician fell upon him, and beat him, and loaded him with chains, and cast him again into the dungeon.

And on the morrow the Magician came to him, and said, 'If to-day

la pieza de oro amarillo, pero en ninguna parte pudo encontrarla. Y al atardecer se sentó y se puso a llorar, y mientras lloraba se le apareció la pequeña Liebre que había rescatado de la trampa,

Y la Liebre le dijo: «¿Por qué lloras? ¿Y qué buscas en el bosque?».

Y el Niño-Estrella respondió: «Busco una pieza de oro amarillo que está escondida aquí, y si no la encuentro mi amo me golpeará y me tendrá como esclavo».

«Sígueme», gritó la Liebre, y corrió por el bosque hasta llegar a un estanque de agua. Y en el fondo del estanque yacía la pieza de oro amarillo.

«¿Cómo podré agradecértelo?», dijo el Niño-Estrella, «pues ¡he aquí que es la segunda vez que me socorres!».

«No importa, antes te apiadaste tú de mí», dijo la Liebre, y echó a correr velozmente.

Y el Niño-Estrella cogió la pieza de oro amarillo, la guardó en su cartera y se apresuró a ir a la ciudad. Pero el leproso le vio llegar y corrió a su encuentro, se arrodilló y gritó: «Dame un trozo de dinero o moriré de hambre».

Y el Niño-Estrella le dijo: «Sólo tengo en mi cartera una pieza de oro amarillo, y si no se la llevo a mi amo me golpeará y me retendrá como su esclavo».

Pero el leproso le suplicó mucho, de modo que el Niño-Estrella se apiadó de él y le dio la pieza de oro amarillo.

Y cuando llegó a la casa del Mago, éste le abrió, le hizo entrar y le dijo: «¿Tienes la pieza de oro amarillo?». Y el Niño-Estrella le respondió: «No la tengo». Entonces el Mago se tiró sobre él, lo golpeó, lo cargó de cadenas y lo arrojó de nuevo al calabozo.

Al día siguiente, el Mago se presentó ante él y le dijo: «Si hoy me traes

thou bringest me the piece of red gold I will set thee free, but if thou bringest it not I will surely slay thee.'

So the Star-Child went to the wood, and all day long he searched for the piece of red gold, but nowhere could he find it. And at evening he sat him down and wept, and as he was weeping there came to him the little Hare.

And the Hare said to him, 'The piece of red gold that thou seekest is in the cavern that is behind thee. Therefore weep no more but be glad.'

'How shall I reward thee?' cried the Star-Child, 'for lo! this is the third time thou hast succoured me.'

'Nay, but thou hadst pity on me first,' said the Hare, and it ran away swiftly.

And the Star-Child entered the cavern, and in its farthest corner he found the piece of red gold. So he put it in his wallet, and hurried to the city. And the leper seeing him coming, stood in the centre of the road, and cried out, and said to him, 'Give me the piece of red money, or I must die,' and the Star-Child had pity on him again, and gave him the piece of red gold, saying, 'Thy need is greater than mine.' Yet was his heart heavy, for he knew what evil fate awaited him.

But lo! as he passed through the gate of the city, the guards bowed down and made obeisance to him, saying, 'How beautiful is our lord!' and a crowd of citizens followed him, and cried out, 'Surely there is none so beautiful in the whole world!' so that the Star- Child wept, and said to himself, 'They are mocking me, and making light of my misery.' And so large was the concourse of the people, that he lost the threads of his way, and found himself at last in a great square, in which there was a palace of a King.

And the gate of the palace opened, and the priests and the high officers of the city ran forth to meet him, and they abased themselves before him, and said, 'Thou art our lord for whom we have been waiting, and the son of our King.'

la pieza de oro rojo, te liberaré, pero si no la traes, sin duda te mataré».

Así que el Niño-Estrella se fue al bosque, y durante todo el día buscó el trozo de oro rojo, pero en ninguna parte pudo encontrarlo. Y al anochecer se sentó a llorar, y mientras lloraba se le acercó la Liebrecilla.

Y la Liebre le dijo: «La pieza de oro rojo que buscas está en la caverna que está detrás de ti. Por tanto, no llores más sino alégrate».

«¿Cómo te recompensaré?», gritó el Niño-Estrella, «pues ¡he aquí que es la tercera vez que me socorres!».

«No importa, antes te apiadaste tú de mí», dijo la Liebre, y echó a correr velozmente.

Y el Niño-Estrella entró en la caverna, y en su rincón más alejado encontró la pieza de oro rojo. Entonces la guardó en su cartera y se apresuró a llegar a la ciudad. Y el leproso, al verle llegar, se paró en el centro del camino y, gritando, le dijo: «Dame la pieza de dinero rojo o debo morir», y el Niño-Estrella volvió a apiadarse de él y le dio la pieza de oro rojo, diciendo: «Tu necesidad es mayor que la mía». Sin embargo, su corazón estaba apesadumbrado, pues sabía el mal destino que le esperaba.

Pero he aquí que, cuando atravesó la puerta de la ciudad, los guardias se inclinaron y le rindieron pleitesía, diciendo: «¡Qué hermoso es nuestro señor!». Y una multitud de ciudadanos le siguió, y gritó: «¡Sin duda no hay nadie tan hermoso en todo el mundo!». De modo que el Niño-Estrella lloró, y se dijo: «Se están burlando de mí, y mostrando mi miseria». Y era tan grande el tropel de gente, que perdió el rumbo de su camino, y se encontró al fin en una gran plaza, en la que había un palacio de un Rey.

Se abrió la puerta del palacio y los sacerdotes y los altos funcionarios de la ciudad salieron corriendo a su encuentro, se postraron ante él y le dijeron: «Tú eres nuestro señor, a quien hemos estado esperando, y el hijo de nuestro Rey».

And the Star-Child answered them and said, 'I am no king's son, but the child of a poor beggar-woman. And how say ye that I am beautiful, for I know that I am evil to look at?'

Then he, whose armour was inlaid with gilt flowers, and on whose helmet crouched a lion that had wings, held up a shield, and cried, 'How saith my lord that he is not beautiful?'

And the Star-Child looked, and lo! his face was even as it had been, and his comeliness had come back to him, and he saw that in his eyes which he had not seen there before.

And the priests and the high officers knelt down and said to him, 'It was prophesied of old that on this day should come he who was to rule over us. Therefore, let our lord take this crown and this sceptre, and be in his justice and mercy our King over us.'

But he said to them, 'I am not worthy, for I have denied the mother who bare me, nor may I rest till I have found her, and known her forgiveness. Therefore, let me go, for I must wander again over the world, and may not tarry here, though ye bring me the crown and the sceptre.' And as he spake he turned his face from them towards the street that led to the gate of the city, and lo! amongst the crowd that pressed round the soldiers, he saw the beggar-woman who was his mother, and at her side stood the leper, who had sat by the road.

And a cry of joy broke from his lips, and he ran over, and kneeling down he kissed the wounds on his mother's feet, and wet them with his tears. He bowed his head in the dust, and sobbing, as one whose heart might break, he said to her: 'Mother, I denied thee in the hour of my pride. Accept me in the hour of my humility. Mother, I gave thee hatred. Do thou give me love. Mother, I rejected thee. Receive thy child now.' But the beggar-woman answered him not a word.

And he reached out his hands, and clasped the white feet of the leper, and said to him: 'Thrice did I give thee of my mercy. Bid my mother speak to me once.' But the leper answered him not a word.

And he sobbed again and said: 'Mother, my suffering is greater

Y el Niño-Estrella les respondió: «No soy hijo de rey, sino hijo de una pobre mendiga. ¿Y cómo dicen que soy hermoso, pues sé que soy malo de ver?».

Entonces él, cuya armadura tenía incrustaciones de flores doradas y en cuyo casco se agazapaba un león con alas, levantó un escudo y gritó: «¿Cómo dice mi señor que no es hermoso?».

Y el Niño-Estrella miró, y ¡he aquí! su rostro estaba igual que antes, y su hermosura había vuelto a él, y vio en sus ojos lo que no había visto allí antes.

Y los sacerdotes y los altos funcionarios se arrodillaron y le dijeron: «Estaba profetizado desde antiguo que en este día vendría el que había de reinar sobre nosotros. Por lo tanto, que nuestro señor tome esta corona y este cetro, y sea en su justicia y misericordia nuestro Rey sobre nosotros».

Pero él les dijo: «No soy digno, pues he negado a la madre que me dio a luz, no podré descansar hasta que la haya encontrado y haya conocido su perdón. Por lo tanto, déjenme ir, pues debo vagar de nuevo por el mundo, y no puedo quedarme aquí, aunque me traigan la corona y el cetro». Y mientras hablaba apartó de ellos el rostro hacia la calle que conducía a la puerta de la ciudad, y ¡he aquí! entre la multitud que se apretujaba alrededor de los soldados, vio a la mendiga que era su madre, y a su lado estaba el leproso, que se había sentado junto al camino.

Y un grito de alegría brotó de sus labios, corrió hacia ella y, arrodillándose, besó las heridas de los pies de su madre y las mojó con sus lágrimas. Inclinó la cabeza en el polvo, y sollozando, como alguien cuyo corazón pudiera romperse, le dijo: «Madre, te negué en la hora de mi orgullo. Acéptame en la hora de mi humildad. Madre, te di odio. Dame amor. Madre, te rechacé. Recibe ahora a tu hijo». Pero la mendiga no le respondió ni una palabra.

Y él extendió las manos, estrechó los blancos pies del leproso y le dijo: «Tres veces te di de mi misericordia. Dile a mi madre que me hable una vez». Pero el leproso no le respondió ni una palabra.

Volvió a sollozar y dijo: «Madre, mi sufrimiento es mayor de lo que

than I can bear. Give me thy forgiveness, and let me go back to the forest.' And the beggar-woman put her hand on his head, and said to him, 'Rise,' and the leper put his hand on his head, and said to him, 'Rise,' also.

And he rose up from his feet, and looked at them, and lo! they were a King and a Queen.

And the Queen said to him, 'This is thy father whom thou hast succoured.'

And the King said, 'This is thy mother whose feet thou hast washed with thy tears.' And they fell on his neck and kissed him, and brought him into the palace and clothed him in fair raiment, and set the crown upon his head, and the sceptre in his hand, and over the city that stood by the river he ruled, and was its lord. Much justice and mercy did he show to all, and the evil Magician he banished, and to the Woodcutter and his wife he sent many rich gifts, and to their children he gave high honour. Nor would he suffer any to be cruel to bird or beast, but taught love and loving-kindness and charity, and to the poor he gave bread, and to the naked he gave raiment, and there was peace and plenty in the land.

Yet ruled he not long, so great had been his suffering, and so bitter the fire of his testing, for after the space of three years he died. And he who came after him ruled evilly.

puedo soportar. Dame tu perdón y déjame volver al bosque». Y la mendiga le puso la mano en la cabeza y le dijo: «Levántate», y el leproso también le puso la mano en la cabeza y le dijo: «Levántate».

Él se levantó de sus pies y los miró, y he aquí que eran un Rey y una Reina.

Y la Reina le dijo: «Este es tu padre a quien tú has socorrido».

Y el Rey dijo: «Esta es tu madre cuyos pies has lavado con tus lágrimas». Y se echaron a su cuello y le besaron, y le llevaron al palacio y le vistieron con ropas hermosas, y pusieron la corona sobre su cabeza, y el cetro en su mano, y sobre la ciudad que estaba junto al río gobernó, y fue su señor. Mucha justicia y misericordia mostró con todos, y al malvado Mago lo desterró, y al Leñador y a su esposa les envió muchos y ricos regalos, y a sus hijos les concedió altos honores. No permitía que nadie fuera cruel con las aves o las bestias, sino que enseñaba el amor y la bondad junto al amor y la caridad, y a los pobres les daba pan y a los desnudos ropa, y había paz y abundancia en la tierra.

Sin embargo, no gobernó mucho tiempo, tan grande había sido su sufrimiento y tan amargo el fuego de su prueba que al cabo de tres años murió. Y el que vino después de él gobernó con maldad.

CLÁSICOS EN ESPAÑOL

Esperamos que haya disfrutado esta lectura. ¿Quiere leer otra obra de nuestra colección de *Clásicos en español*?

En nuestro Club del Libro encontrarás artículos relacionados con los libros que publicamos y la literatura en general. ¡Suscríbete en nuestra página web y te ofrecemos un ebook gratis por mes!

Recibe tu copia totalmente gratuita de nuestro *Club del libro* en rosettaedu.com/pages/club-del-libro

ROSETTA EDU

CLÁSICOS EN ESPAÑOL

Una habitación propia se estableció desde su publicación como uno de los libros fundamentales del feminismo. Basado en dos conferencias pronunciadas por Virginia Woolf en colleges para mujeres y ampliado luego por la autora, el texto es un testamento visionario, donde tópicos característicos del feminismo por casi un siglo son expuestos con claridad tal vez por primera vez.

Oscar Wilde escribe una sola novela, *El retrato de Dorian Gray*; ésta fue el objeto de una crítica moralizante mordaz por parte de sus contemporáneos que no pudieron ver que dentro de una trama perfectamente compuesta se escondía toda la tragedia del romanticismo. Cien años después no ha perdido su impacto original y sigue siendo un texto fundamental para los debates sobre la estética y la moral.

Otra vuelta de tuerca es una de las novelas de terror más difundidas en la literatura universal y cuenta una historia absorbente, siguiendo a una institutriz a cargo de dos niños en una gran mansión en la campiña inglesa que parece estar embrujada. Los detalles de la descripción y la narración en primera persona van conformando un mundo que puede inspirar genuino terror.

rosettaedu.com

EDICIONES BILINGÜES

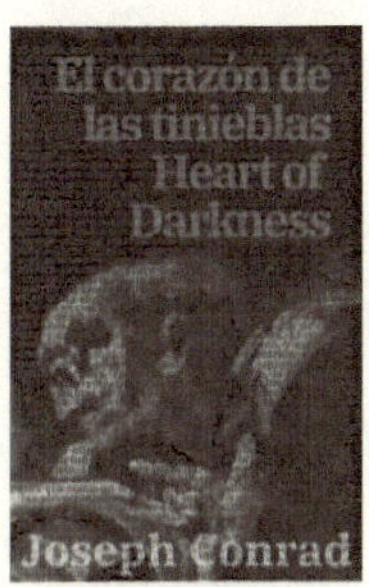

En una atmósfera constante de misterio y amenaza, *El corazón de las tinieblas* narra el peligroso viaje de Marlow por un río (sin duda el Congo aunque no es nombrado en el relato) africano. Lo que el marino puede observar en su viaje le horroriza, le deja perplejo, y pone en tela de juicio las bases mismas de la civilización y la naturaleza humana.

Durante décadas, y acercándose a su centenario, *El gran Gatsby* ha sido considerada una obra maestra de la literatura y candidata al título de «Gran novela americana» por su dominio al mostrar la pura identidad americana junto a un estilo distinto y maduro. La edición bilingüe permite apreciar los detalles del texto original y constituye un paso obligado para aprender el inglés en profundidad.

En *La señora Dalloway* Virginia Woolf relata un día en la vida de Clarissa Dalloway, una señora de la clase alta casada con un miembro del parlamento inglés, y de un ex-combatiente que lucha contra su enfermedad mental. La innovación de la novela es la corriente de consciencia: Woolf sigue el pensamiento de cada personaje, siendo excelente a la hora de narrar emociones, asociaciones y sentimientos.

rosettaedu.com